leykam: *seit 1585*

LENA-MARIE BIERTIMPEL

LUFTPOLSTER

ROMAN

leykam: *Belletristik*

Umschlaggestaltung: Christine Fischer, unter Verwendung einer
Illustration von shutterstock.com/Cute Designs Studio
Lektorat: Senta Wagner
Satz und Typografie: Gerhard Gauster
Druck: FINIDR, s.r.o.
Papier: Rives Tweed bright white, Munken print cream
Gesamtherstellung: Leykam Buchverlag

www.leykamverlag.at
ISBN 978-3-7011-8232-9

Klimaneutral gedruckt mit freundlicher Unterstützung durch die Kultur-
abteilung der Stadt Wien.

für mara,
unsere haare sind lang gewachsen

what can i do?

ich packe mechanisch ein ladekabel, eine unterhose, mein portemonnaie, meinen tabak, meinen haustürschlüssel und gummibärchen in eine tasche. ich gehe die schmale wendeltreppe hinunter ins erdgeschoss. ich sehe den hinterhofgarten und höre die hühner kreischen. ich stehe vor dem blauen haustor und warte. im taxi riecht es nach abgestandenem zigarettenrauch. auf dem klinikgelände zeigen pfeile in unterschiedliche richtungen. ich suche die nummer sechzehn. der pavillon ist ein altes, weißes gebäude mit großen fenstern. überall wachsen riesige bäume und es gibt holzbänke zum sitzen.

ich muss einen fragebogen ausfüllen. meine handschrift wird nass. ein pfleger zieht mich in ein zimmer. die sonne scheint durch die altbaufenster.
hier ist ihr bett, sagt der pfleger.
ich drehe mich um. das bett neben meinem ist leer.
und hier der kleiderschrank und der schlüssel. er händigt mir einen kleinen schlüssel aus.
hier das badezimmer und handtücher und hier etwas zum anziehen. gleich gibt es mittagessen, sagt der pfleger beim verlassen des zimmers.

ich gehe barfuß zum mittagessen. der plastikboden hält meine füße fest. ich stelle mir vor, wie bei jedem schritt ein bisschen hornhaut am boden kleben bleibt.

der speisesaal ist in den siebzigerjahren stehen geblieben und sieht aus wie in einer jugendherberge. die decke ist mit holz verkleidet. die fenster wurden lange nicht geputzt. die tische sind ebenfalls aus holz und fühlen sich an, als wären sie mit einer dünnen schicht öl bestrichen. auf den fensterbänken stehen ein paar kunstblumen. das essen dampft und in den metallschalen bildet sich wasser. die anderen menschen machen mir angst. alle tragen die gleiche mintgrüne jogginghose und das dazu passende oberteil. ich falle heraus mit meinem kleid. eine frau steht plötzlich neben mir.

wer bist du?, fragt sie.

ich gehe in mein zimmer und setze mich auf mein frisch gemachtes bett. die hellblaue bettwäsche ist glatt und sehr steif. ich habe das gefühl, vom bett zu rutschen. ich schaue aus dem fenster. ich stehe auf und gehe den gang draußen auf und ab. der gang ist sehr lang und es gibt viele türen. die meisten stehen offen und ich sehe menschen in ihren betten liegen. am einen ende des gangs steht ein altes ledersofa. ein mann sitzt versunken darauf. sein gesicht liegt in seinen händen. er spricht mit sich selbst. ich stehe da und schaue ihn an. ich vergesse die zeit.

mein handy vibriert, ich lese mama und überlege lange, ob ich abheben soll.
ich wollte mal hören, wie es dir geht.
ich bin in der klinik, sage ich.
WAS? oh gott! was ist passiert?, schreit meine mutter ins telefon.
ich schweige. atme aus.
ich kann nicht mehr, sage ich.
die sekunden klicken.
wie geht es dir?, frage ich.
geht so und ehrlich gesagt jetzt noch schlechter, sagt meine mutter.

vor tagen:

haben sie selbstmordgedanken?, fragt der arzt vom psychosozialen notdienst.

ich weiß nicht, sage ich.

gut, dann haben sie keine, sagt er und schneidet eine grimasse.

ich bekomme eine tablette mit nach hause, die soll ich zur beruhigung nehmen.

sie sind so eine schöne frau, sie sollten aufhören traurig zu sein, sagt der arzt und winkt.

auf dem gang kommt mir eine patientin entgegen. sie hat ein rotes band um ihr handgelenk. ich ein weißes, mit zahlen und einem strichcode darauf.

die polizei war heute morgen da und wollte mich mitnehmen, sagt sie.

ihre haare und ihr gesicht sind voller haarfärbemittel.

welche farbe wird es?, frage ich.

blond.

sie lächelt.

du musst die farbe im gesicht wegwischen, sage ich, sonst bekommst du flecken.

abends kommt eine schwester an mein bett und reicht mir ein glas wasser und eine tablette.

schlafenszeit, sagt sie.

ich schlucke.

　　　　◡　　◡　　◡

ich werde von einer anderen schwester geweckt. ich schaue aufs handy, es ist 6.30 uhr. die schwester tritt näher und stellt sich vor.

ich bin ihre bezugsschwester Carmen, sagt sie.

was heißt das?, frage ich.

dass sie immer zu mir kommen können, wenn etwas ist.

ich nicke.

ach ja, frühstück gibt es um 7.30 uhr, mittagessen um 12.00 uhr und abendessen um 17.00 uhr, also hopp aus dem bett mit ihnen, sagt Carmen.

Carmen hat kurze haare und ist schon etwas älter. sie ist klein und hat einen runden bauch. ihre ohren sind lang gezogen.

sie geht zur tür, lässt sie offen stehen und verschwindet.

ich setze mich langsam auf, gehe zum kleiderschrank und nehme mir die krankenhauskleidung. ich ziehe mich nackt aus, gehe zu meiner tasche und krame die frische unterhose heraus. ich schaue auf meine haarigen beine. ich ziehe die mintgrüne jogginghose und das mintgrüne oberteil an. meine brüste zeichnen sich ab. im badezimmer packe ich eine zahnbürste aus. die zahnbürste ist sehr hart und mein zahnfleisch beginnt zu bluten. ich spüle das blut weg.

ich nehme mein handy und schreibe Johnny: *trage mintgrüne krankenhauskleidung und sehe aus wie ein pfefferminzbonbon.*

＊＊＊

ein arzt, Carmen und zwei weitere personen umkreisen mein bett. Carmen hat ein klemmbrett dabei. der arzt hat graue haare, ist sehr groß und ein bisschen schlaksig. obwohl er keinen bart trägt, erinnert er mich an einen weihnachtsmann.

wie geht es ihnen, wie war die erste nacht?

ich bin sehr müde, sage ich.

verständlich! konnten sie schlafen?

ich habe die erste nacht seit langer zeit durchgeschlafen. aber ich bin wie betäubt, sage ich.

das liegt wahrscheinlich an dem medikament. ihr körper braucht ein paar tage, um sich an den wirkstoff zu gewöhnen, sagt der arzt. am nachmittag machen wir ein längeres aufnahmegespräch, dann besprechen wir alles in ruhe, okay?

eine freundin kommt vorbei und bringt mir einen koffer mit anziehsachen und kosmetik. sie nimmt mich lange in den arm und streichelt meinen kopf. ich habe das gefühl, ich kann nicht mehr sprechen. alles ist dumpf.

falls ich was vergessen habe, sagst du bescheid, ja?

ich packe meinen koffer behutsam aus. die freundin faltet nicht gerne kleidung, also falte ich alles neu und ordentlich. ich wasche mir das gesicht und creme mich ein. die freundin hat sogar an sonnenmilch gedacht. der boden rutscht weg. ich falle auf die kalten badezimmerfliesen und weine und weine.

es klopft an die zimmertür. Carmen setzt sich zu mir.

was ist los mit ihnen?

alle geben sich so viel mühe, alle wollen, dass es mir besser geht, aber nichts hilft!

sie sind für sich hier, für niemand anderen. ihnen geht es schlecht, sie hatten zu viel zu tragen und es ist ihr gutes recht, mal nicht zu funktionieren, sagt Carmen ruhig.

ich konnte noch nicht mal danke sagen.

das ist okay. es braucht nicht immer ein danke. kommen sie mit mir, sagt sie.

ich stehe vorsichtig auf. alles dreht sich. Carmen nimmt meine hand und wir gehen langsam zum stützpunkt. der stützpunkt sieht von außen aus wie ein ticketschalter am bahnhof. die glasscheiben lassen sich auf und zu schieben. daneben ist eine tür. sie ist geschlossen.

wenn sie uns brauchen, können sie hierherkommen und klopfen, und das immer, auch in der nacht!, sagt Carmen.

die pfleger*innen wohnen im stützpunkt, denke ich.

vor tagen:

und dann fliegt ein insekt durch das offene fenster in meine wohnung. es fliegt direkt auf mich zu. ich renne in die küche und knalle die tür zu. ich setze mich an den küchentisch. ich habe nur eine unterhose an. ich rauche eine zigarette.

ich muss einkaufen gehen. ich bin eine schnecke. im supermarkt kaufe ich fertiggerichte. ich habe luftpolster vorm duschen, das wasser macht meinen kreislauf kaputt. mir wird schlecht, wenn ich mich rieche. seit dem rot gewordenen handtuch spüre ich meinen körper gar nicht mehr. ich funktioniere nur in gedanken. die gedanken sind wie wellen und ziehen mich in die tiefe, bis ich keine luft mehr bekomme.

ich finde den raucherraum. ich gehe hinein und setze mich an einen der öltische. mit mir am tisch sitzen drei frauen.

ich bin Mary.

das blond steht dir gut, sage ich.

das ist Bigmama, sagt Mary.

Bigmama wischt sich tränen mit einem taschentuch aus dem gesicht und nickt mir zu.

ich bin Luzie, flötet die dritte und schüttelt mir die hand.

Bigmama laufen neue tränen aus den augen.

sie hat angst um ihren hund Rocky, sagt Luzie in meine richtung.

er ist ganz alleine, die ganze nacht, sagt Bigmama und schluchzt auf.

nach drei gerauchten zigaretten hat Bigmama sich beruhigt und wir verlassen gemeinsam den raucherraum.

ein pfleger kommt uns entgegen. Bigmama beginnt wieder zu weinen. der pfleger legt ihr die hand auf die schulter und drückt sie vor dem stützpunkt auf einen stuhl.

ich verspreche ihnen, das wird der hund schaffen, davon stirbt er nicht, wirklich nicht, sagt der pfleger.

aber der Rocky ist alleine, die ganze nacht, der stirbt, sagt Bigmama.

wirklich nicht, sagt der pfleger wieder, der Rocky, der stirbt nicht.

am nachmittag klopft Carmen an meine offene zimmertür.

kommen sie mit mir, sagt sie wieder.

Carmen führt mich den gang entlang.

hier ist das büro der jeweils diensthabenden ärzt*innen, sagt sie.

setzen sie sich. wir werden alles tun, damit es ihnen wieder besser geht, sagt der arzt, der aussieht wie ein weihnachtsmann.

ich nicke und beginne zu weinen. Carmen reicht mir ein taschentuch.

ich kann nicht mehr, sage ich.

ja, sie wirken stark belastet, sagt der arzt. es gibt ein paar fragen, die ich ihnen stellen muss! nehmen sie drogen?

nein, also früher viel, vor allem alkohol und gras. ab und an auch was chemisches, sage ich.

wurde bei ihnen eine schilddrüsenunterfunktion festgestellt?

ich glaube nicht.

Carmen machst du bitte einen vermerk fürs blutbild.

ich wohne seit einem halben jahr in der neuen stadt. das ankommen war schwierig und hat mir luftpolster gemacht.

wie regelmäßig waren die?, fragt der arzt.

meine familie wohnt am hafen. ich habe zwei schwestern, ich nenne sie meine eine und meine andere.

haben sie eine freundin oder einen freund?

Johnny, der nennt mich Peach und wohnt auch am hafen.
wie weit ist der hafen entfernt?, fragt der arzt.
tausend kilometer.
hilft ihnen die distanz?
ich schlucke wieder tränen.
vorerkrankungen?
meine stimmbänder haben löcher. magensäureverätzungen.
der arzt fragt, ich antworte. er notiert und notiert: meine
kopfsteinpflaster, meine luftpolster und alles andere
aus meinem leben. er schreibt mir medikamente auf
und sagt die namen und wirkungsweisen. ich kann ihm
nicht folgen.
wir werden zweigleisig fahren, erst einmal stellen wir
sie vernünftig ein und beginnen dann mit den therapien.
ich frage mich, welche vernünftige einstellung ich
brauche.

ich lerne von Carmen, dass medikamente viermal am
tag am stützpunkt abgeholt werden. morgens nach dem
frühstück, mittags nach dem mittagessen, abends nach
dem abendessen und nachts vor dem schlafengehen.
jeden tag ist visite mit der diensthabenden ärzt*in, sagt
sie, ab und an gibt es einzelgespräche mit ihrem arzt.
ich zähle an meinen fingern ab: ich habe Carmen, die
aber nicht immer da ist. ich habe einen arzt, der für

mich zuständig ist und mich vernünftig einstellt. es gibt einen stützpunkt, wo die pfleger*innen wohnen und ich auch in der nacht klopfen kann. die medikamente hole ich nach den mahlzeiten dort ab.

Carmen begleitet mich zum stützpunkt und ich schlucke eine tablette.

morgen werde ich sie früher wecken, wir müssen noch blut abnehmen, sagt sie.

mein körper wird ganz weich. vielleicht wäre es doch gut gewesen mir zu merken, was für tabletten ich jetzt täglich einnehmen soll, denke ich.

vor monaten:

in der neuen stadt habe ich eine kleine zweizimmerwoh-
nung gemietet. ich hatte glück. sie ist relativ günstig.
zusätzlich hat sie ein winziges kabinett, in das gerade
ein bett passt. im hinterhof gibt es einen kleinen garten und hühner. die wohnung ist noch karg und kalt.
ich schlafe auf einer alten matratze. die immer-tränen
und die ständige luftnot machen es unmöglich, in ein
möbelhaus zu gehen.

es gibt keinen horizont in dieser stadt, die häuser
türmen sich auf und stehen im weg. das november-
licht macht alles noch schlimmer. es ist furchtbar
sauber. ich verlaufe mich ständig und dann überfallen
mich die luftpolster erst recht. mir fehlen meine alten
wege und orte: die clubs, die bars, der trubel, der lärm,
der pisse-und-schnaps-geruch der s-bahn-station,
die genau an meiner alten straße liegt. sieben jahre
habe ich dort gewohnt. Johnny und ich haben vereinbart uns nicht zu schreiben. ab und an brechen wir die
regel. in meinen tagträumen sehe ich I-love-you-
baby auf mich zukommen, die arme ausgestreckt.
I-love-you-baby arbeitet im call shop neben meinem
alten hauseingang. wir haben uns fast täglich gesehen
und oft vor dem shop zusammen auf der bordsteinkante
gesessen. im call shop kann man handys und jegliches
zubehör kaufen. es gibt internet for free und menschen sitzen dort an alten computern und skypen.
regelmäßig kommt ein dealer vorbei. er trägt immer
einen anzug. es sammeln sich ein paar menschen vor

dem call shop. I-love-you-baby spricht nicht gerne über den dealer.

wodka oder kaffee oder beides zusammen?, würde er mich fragen.

wodka!, würde ich sagen.

I-love-you-baby würde im call shop verschwinden und mit einem becher wodka to go zurückkommen. wir würden uns auf die bordsteinkante setzen.

warum sehen wir uns nicht mehr?, würde er fragen.

ich bin in die neue stadt gezogen, wäre meine antwort.

I-love-you-baby würde mir eine zigarette hinhalten und ich würde sie nehmen. anzünden und wodka auf ex.

i love you baby, würde er sagen und ich würde ihm einen arm um die schulter legen.

eine schwester steht bei mir im zimmer.

haben sie schon etwas gegessen oder getrunken?, fragt sie.

wo ist Carmen?, frage ich.

die hat leider gerade keine zeit, sagt die schwester.

ich folge ihr zum stützpunkt und kauere mich auf den stuhl, auf den sie zeigt. ich bin das erste mal in dem raum hinter der tür zum klopfen. es sieht aus wie bei meiner alten hausärztin. mir wird ein elastikband am oberarm angelegt. ich soll eine faust machen. ich zittere.

sie brauchen keine angst zu haben, ich mache das jeden tag, es ist ganz schnell vorbei.

als ich die nadel sehe, wird mir schlecht. die schwester berührt meinen arm.

ihre venen sieht man aber schlecht, sagt sie und drückt auf meiner armbeuge herum.

ich schaue aus dem fenster und versuche ruhig zu atmen, aber mir bleibt die luft weg. ein stich.

herrje.

ich spüre blut auf meinem arm.

ich habe die vene nicht getroffen, sagt die schwester ruhig. auf ein neues.

ein stich.

bleiben sie bei mir, sagt sie, schauen sie mir in die augen, es ist gleich vorbei.

ich spüre, wie sie die nadel aus meinem arm zieht, dann schwarz. die schwester klopft meine wangen und reicht mir ein glas wasser. ich trinke. sie legt ihre hände auf meine schultern.

atmen sie mit mir, sagt sie.

wir atmen eine weile zusammen.

ich bringe sie jetzt zum frühstück, sie brauchen zucker!

sie führt mich in den speisesaal.

alles okay?, fragt Luzie.

blutabnahme, sage ich.

scheiße, ich hasse das, sagt sie.

die schwester legt drei packungen marmelade auf den tisch, butter und ein brötchen.

das wird ihnen guttun, sagt sie und verlässt den saal.

ich liege auf der wiese vor dem pavillon, rauche und höre musik. eine patientin hockt sich neben mich. sie hat ganz kurze haare und volle lippen. ich finde sie sehr schön. ich nehme die kopfhörer aus den ohren.

sie lächelt mich an.

was hörst du?

cat power.

die mag ich sehr, sagt sie.

ich schaue sie an mit einer melodie im kopf: Willie! ich werde sie Willie nennen.

gleich kommt mein dackel-mädchen, sagt sie.

ich bin mir nicht sicher, ob das stimmt.

wie heißt denn dein dackel-mädchen?

Trude, sagt Willie.

ich warte mit dir, wenn du willst, sage ich.

etwas später nähert sich eine frau mit Trude an der leine.

das ist meine mama.

Willie beginnt zu weinen. als die mutter bei uns ist, beschließe ich zu gehen.

ich betrete die station. Carmen baut sich vor mir auf.

wo waren sie?

eine zigarette rauchen, sage ich.

sie müssen sich bitte nächstes mal abmelden. sonst suchen wir sie und machen uns sorgen.

ich nicke.

alle machen sich sorgen um mich, denke ich. ich nehme mein handy und schicke Johnny eine umarmung.

vor tagen:
heulst du?, fragt meine andere.
ich weine seit stunden, sage ich.
ich höre meine andere den kopf in den nacken legen.
ich sitze im bett und schreie in mein kissen. ich kann
nicht schlafen. ich gehe in die küche, drehe mir eine
zigarette. ich schaue aus dem fenster. ich nehme mein
handy und schreibe meiner einen: *wie geht es dir?*
sprachnachricht: *gut so weit.*

ich höre blut auf den plastikboden tropfen. es riecht
nach desinfektionsspray. die sekunden klicken wieder.
ich sehe ein weißes handtuch rot werden. sehe einen
stein.
mein handy leuchtet. Johnny schreibt: *ich habe dich im
bus gerochen, Peach!*

das kleid, das ich trage, ist ein geschenk von meinem vater. ich soll es tragen und nicht die krankenhauskleidung.

das macht einen unterschied im gefühl, meint Carmen.

im gefühl ist nichts. ich spüre mich nicht. ich denke, ich kann nicht mehr in schleifen. ich denke an wegsein, an rasende züge, an hochhäuser.

ich gehe zum stützpunkt und überwinde mich zu klopfen. ich bekomme eine tablette, damit sich die leere egal anfühlt. die tablette macht alles leicht. mir geht es plötzlich okay. ich nehme mein handy und antworte Johnny: *dank medikament liege ich 13 kilometer über dem boden auf einer wolke.*

mega!, schreibt Johnny.

ich gehe den gang auf und ab. Bigmama und Luzie kommen mir entgegen. Bigmama weint wie immer.

am wochenende passiert noch weniger auf der station. ich betrete mein zimmer und ziehe die krankenhauskleidung an. ich lege mich ins bett und versuche das buch zu lesen, das mir die freundin geschenkt hat. ich kann mich nicht konzentrieren. ich schaue auf die uhr, noch drei stunden bis zum abendessen.

ich sitze auf dem alten ledersofa im gang. meine andere ruft mich an. ich hebe ab und merke, es fällt mir schwer zu sprechen.

wieso hast du nichts gesagt?, fragt sie mit lauter stimme.

was meinst du?

na ja, dass du in der klinik bist, auf der psychiatrie, dass es dir richtig scheiße geht, warum rufst du mich nicht an?, sagt meine andere noch lauter.

ich konnte irgendwie nicht, sage ich brüchig.

aber mama und papa konntest du anrufen oder was!, brüllt sie.

mama hat mich angerufen, sage ich und beginne zu weinen. gleich ist ergotherapie, sage ich, obwohl ich gar nicht weiß, was das ist.

meine andere legt auf.

ich schreie auf. Carmen kommt angelaufen und atmet laut.

machen sie mit, sagt sie.

ich atme und schlucke tränen im takt.

was ist passiert?, fragt sie.

vor tagen:

ich kann kein wort mehr sprechen. meine andere stopft am morgen ein rotes handuch in die waschmaschine. ich schaue aus dem fenster, dann weine ich. vielleicht sollte ich spazieren gehen, denke ich. ich ziehe mir einen mantel aus luftpolstern an, lege mich auf das kopfstein- pflaster und zähle unkraut. dann gehe ich los. ich muss in den wald, denke ich. ich brauche sauerstoff und den schutz der bäume.

ich höre wieder blut auf den plastikboden tropfen. die
minuten bleiben stehen. Johnny: *Peach, ich wäre gerne
da ... wenn du mich lässt!*
ich sehe die knochen meiner oma unter dem gras. sehe
einen stein. ich soll worte sprechen.

ich betrete den speisesaal. Willie sitzt an einem der tische und löst kreuzworträtsel. ich lasse mich neben ihr nieder, hole mein handy raus und schaue mir instagram stories an.

rauchen?, fragt sie.

wir gehen den gang entlang zum raucherraum. der raucherraum ist auf der einen seite mit holz verkleidet, auf der anderen seite hellgelb gestrichen und ganz dreckig. ich nehme zum ersten mal die vielen bilder wahr, die an den wänden hängen. auf einem sind fratzen mit schwarzen zähnen zu sehen. auf einem anderen ein blutender baum. die lüftung klingt, als würde ein auto im raum herumfahren.

Willie schaut mich an.

warum bist du eigentlich hier?, fragt sie.

die augen von Willie sind grün und werden groß.

fuck, sagt sie dann und legt ihren kleinen finger an meinen.

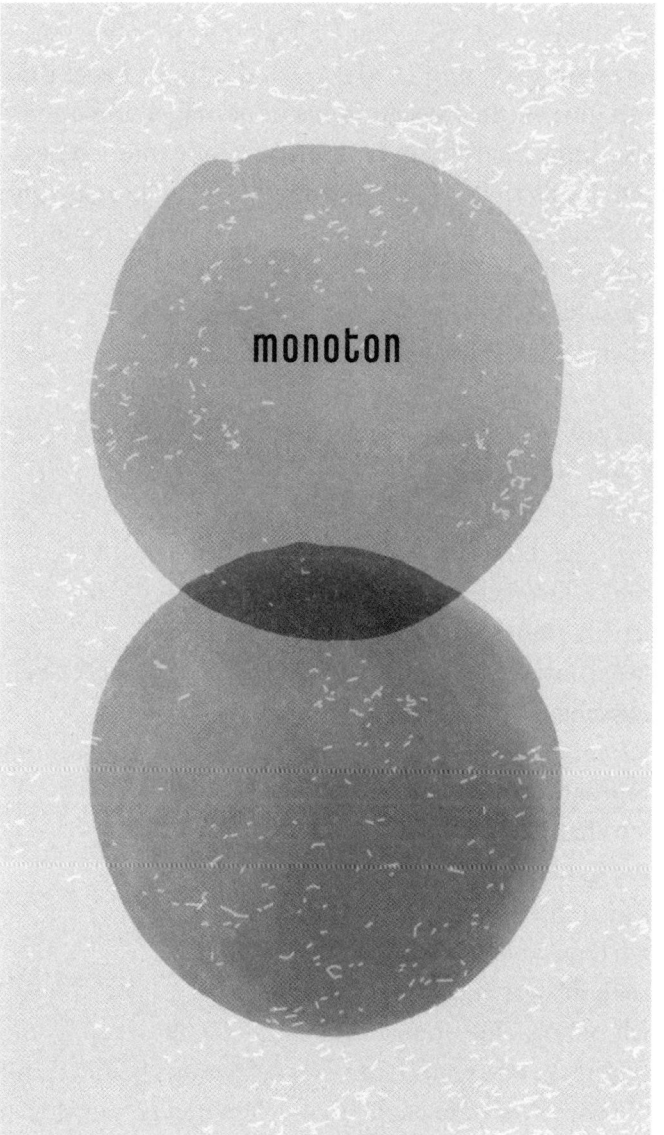

monoton

Carmen bringt mich und Willie zum gartenfest. Luzie sitzt am tisch und lackiert sich die fingernägel pink mit glitzer. sie hat sehr lange fingernägel und andere kleidung an als beim frühstück. Willie und ich quetschen uns zu ihr, Bigmama und Mary. im hintergrund läuft radiomusik.

ich war heute eine brille kaufen, sagt Mary.

ich schaue verwirrt. Luzie schüttelt den kopf.

aber du darfst doch gar nicht raus, sagt Bigmama.

hat es nicht gepiept?, fragt Willie.

die polizei hat mich abgeholt, sagt Mary, die zwei polizisten waren ziemlich heiß!

Luzie lacht auf.

mist, jetzt hab ich mich vermalt, singt sie.

die brille macht alles verschwommen, sagt Mary.

ich esse langsam ein würstchen.

die stimmen der anderen werden laut. die musik ist ein rauschen.

ich möchte wieder in mein bett, sage ich und komme mir dabei mutig vor.

ich auch, sagt Willie.

wir gehen die treppen zur station hoch.

schau, hier ist ein getränkeautomat.

ich habe kein geld, sage ich.

such dir was aus.

ich nehme eine orangenlimonade. sie heißt cappy und schmeckt besser als fanta. wir setzen uns heimlich auf die wiese vor dem pavillon, rauchen und trinken unser cappy. der kühle sprudel tut gut.

was hat es eigentlich mit dem piepen auf sich?, frage ich.
patient*innen mit einem roten band dürfen die station
nicht ohne begleitung verlassen.
Willie hat einen verband um ihr handgelenk.
es ist nicht das erste mal, dass ich in einer klinik bin,
sagt sie.
ich nehme sie in den arm.
wir haben es hier echt gut! die letzte station war die
hölle. ich werde nie diesen einen mann aus meinem
kopf bekommen. sein pullover war viel zu kurz und
sein bauch hing schlaff nach unten. auf der hose hatte
er braune flecken, sagt Willie.
ich verziehe das gesicht und schüttle mich.
wir sollten bei einem spiel emotionen erkennen, sagt
sie weiter, der therapeut hat mir eine karte vor mein
gesicht gehalten und mich gefragt, wie sich die person
auf dem bild gerade fühlt. er hat uns gelobt, als wären
wir kleinkinder, die gerade sprechen lernen. einmal ging
es mir so schlecht, dass ich zum stützpunkt gerannt bin
und um hilfe gebeten habe. wie sollen wir ihnen bitte
helfen?, haben die schwestern dort gesagt. ich bin dann
völlig zusammengebrochen und sie haben einen arzt
verständigt. der hat mir eine tablette gegeben. kurze
zeit später wusste ich nicht mehr, wer ich bin.
ich weiß gar nicht, was ich dazu sagen soll! das klingt
wie in einem horrorfilm, sage ich entgeistert.

vor wochen:

ich liege auf meinem neuen bett, mein handy klingelt.

was ist los?, frage ich.

ich komm nicht mehr klar, sagt meine eine.

inwiefern?

mein herz schlägt zu schnell und meine seele tut weh, sagt sie leise, ich halte dieses gefühl nicht aus.

scheiße, sage ich. wie lange ist das schon so?

seit ein paar monaten, sagt meine eine, da ist so ein innerer druck, da hilft dann nur schmerz.

ich ahne, was sie als nächstes sagen wird, und drücke mein kopfkissen gegen meinen bauch.

am anfang habe ich eine nagelschere benutzt, dann habe ich mir rasierklingen gekauft, flüstert sie.

weiß unsere andere davon?

ja.

und mama und papa?

die auch, sagt meine eine.

okay, sage ich, ich buche für morgen einen bus zum hafen.

wir legen auf.

ich nehme mein kopfkissen in beide hände und schleudere es auf den boden.

ich sitze vierzehn stunden im bus und kann nicht schlafen. ich fahre zu meiner anderen nach hause. meine eine hat den kontakt zu unseren eltern abgebrochen und wohnt jetzt bei meiner anderen. im hausflur höre ich meine eine schreien. sie sitzt auf dem küchentisch, meine andere steht in der wohnungstür und umarmt mich. ich nähere mich meiner einen und versuche sie zu berühren, sie zuckt zusammen.

ich mache keinen sinn, sagt sie.

danach spricht sie kein wort mehr. egal was ich oder meine andere sagen, es prallt an ihr ab. ich drehe mir eine zigarette.

darf ich?, frage ich meine andere.

mach, sagt sie.

ich gehe zum fenster, öffne es weit und atme. ich spüre, dass ich geschwitzt habe. ich bin ganz kalt und bekomme gänsehaut vom wind. ich zünde die zigarette an. meine eine steht auf. als sie zurückkommt, tropft blut auf das parkett.

meine andere und ich schreiben überlebenslisten. eine für unsere eltern und eine für meine eine. wir versuchen eine für uns zu schreiben, aber die liste bleibt leer.

ich sitze auf dem sofa mit meinem laptop auf dem schoß und scanne namen von therapeut*innen. meine eine liegt stumm neben mir. ich kann mich nicht entscheiden. ich nehme den namen eines therapeuten aus der mitte.

er hebt sofort ab. ich beschreibe mit möglichst schlimmen worten die situation.

kann ich ihre eine sprechen?

du musst jetzt aufhören zu schweigen, flüstere ich ihr zu.

meine eine verlässt das zimmer mit dem handy in der hand und ich höre sie sprechen. ich versinke im sofa und beginne die luftpolster wegzuatmen. es funktioniert nicht.

meine eltern rufen meine andere und mich ständig an, um zu fragen, wie es meiner einen geht. wenn ich nicht abhebe, machen sie sich sorgen, wenn ich rangehe erst recht. Johnny und ich haben die regel aufgegeben und schreiben uns häufig. seine nähe tut mir gut.

ich fahre mit meiner einen zu dem therapeuten. ich verabschiede mich am eingang, setze mich, trotz der kälte, vor einer bäckerei an einen der tische. ich trinke kaffee und esse eine zimtschnecke. zwei rentnermobile stehen neben mir. über mir ist ein roter schirm, der im wind flattert. die bäume wachsen schief, aber sie wachsen, denke ich.

und wie wars?, frage ich.

ganz okay.

hast du dich wohlgefühlt?

schon.

gehst du wieder hin?
übermorgen habe ich einen neuen termin.
ich verkneife mir laut auszuatmen.

es klopft an der tür. die visite kommt ins zimmer. ich freue mich meinen lieblingsarzt zu sehen.

wie geht es ihnen heute?, fragt er.

ich kann nicht aufstehen und mir ist schon wieder schlecht, sage ich.

was machen die gedanken an hochhäuser?

sie sind ein rauschen in meinem kopf.

ich werde Carmen bitten, dass sie mit ihnen spazieren geht.

ich kann auch alleine gehen, sage ich.

nein, das können sie heute nicht, sagt mein lieblingsarzt sehr ernst.

mein arzt ist mein lieblingsarzt geworden, weil mein mund in seiner gegenwart worte formt, die ich vorher nicht aussprechen konnte. wenn er mich etwas fragt, beschönige ich nichts mehr. mein lieblingsarzt nimmt mich nicht in den arm wie Carmen, aber er hat mich trotzdem geborgen und in eine decke eingewickelt.

später kommt Carmen ins zimmer.

auf geht's, aus dem bett mit ihnen, sagt sie.

ich ziehe meine sandalen an.

draußen ist es ziemlich warm. in ein paar wochen wird die hitze kommen.

wie geht es ihnen?

scheiße, sage ich.

Carmen zieht mich auf eine bank. sie legt eine hand auf meine schulter.

ich gehe in mein zimmer. ich höre ein hallo und erschrecke mich. das bett neben meinem ist nicht mehr leer.
ich bin deine neue zimmernachbarin.
ihr körper ist eine wellige landschaft aus narben und blut.
ich atme, wie Carmen es mir beigebracht hat. ich kann ihr nicht in die augen schauen. ich setze mich aufs bett.
in meinem kopf sind störgeräusche. meine zimmernachbarin verschwindet im badezimmer. später legt sie sich wieder ins bett. ihr gesicht hat zwei neue schnitte und ist voller blut.
ich stehe auf, verlasse das zimmer und eile zum stützpunkt. eine schwester schiebt die glasscheibe auf.
notfall! ihr gesicht blutet.

in der nacht gehe ich wieder zum stützpunkt. die überwindung zu klopfen, fühlt sich wie zement an. ich blute nicht und sterben werde ich auch nicht.
ich kann nicht schlafen, sage ich.
ich bekomme eine pflanzliche tablette. auf dem weg zum zimmer sinke ich zu boden. dieses zimmer lässt mich umkippen. ich nehme meine bettdecke und lege mich auf das ledersofa im gang.

ich treffe Luzie im raucherraum. sie hat den kopf in die hand gestützt und ihre fingernägel reflektieren das licht. sie hat schon wieder andere kleidung an.
sie trägt gerne kurze röcke, heute einen aus samt.
ich war gerade duschen, aber jetzt ist mir schon wieder so warm, flötet sie.
ich drehe meine zigarette zu ende.
weißt du, ich verstehe gar nicht, warum ich hier bin, seufzt sie.
was sagen denn die ärzt*innen?
die haben was gegen die engel auf meinen schultern.
ich nicke.
ich mag sie gerne, sagt Luzie.
engel sind schön, sage ich lächelnd.

cappy und zigarette?, fragt Willie.
gerne.
mittlerweile habe ich immer kleingeld dabei, damit ich meinen täglichen limonadenbedarf decken kann.
ich schlafe jede nacht auf dem sofa im gang, sage ich.
ich weiß, sagt Willie.
es kommt in wellen. ihr ganzer körper ist eine blutige narbe, sage ich.

vielleicht wird sie ja bald in ein anderes zimmer verlegt.
hoffentlich.

🌑 🌑 🌑

meine vulva zieht von innen. ich bekomme bald
meine periode. im schlaf mache ich jede nacht sport.
mein ganzer körper ist verspannt.
auf dem klinikgelände gibt es einen kleinen laden. ich
gehe alleine los. ich atme die täglich heißer werdende
luft. es gibt chips, süßigkeiten, obst, shampoo, dusch-
gel, sogar intimwaschlotion gibt es. ich kaufe tampons,
binden und die intimwaschlotion. an der kasse fühle
ich mich ertappt.
ich setze mich auf eine bank. es klingelt lange.
ich vermisse deine ohren, sage ich.
ich höre Johnny durchs telefon lächeln.
wie geht es dir?, fragt er.
ich bekomme meine tage, mein körper tut weh.
hast du eine wärmflasche dabei?
ich habe gerade binden und tampons gekauft, sage ich.
soll ich dich besuchen kommen, Peach?
ich spüre blut aus meiner vulva laufen. ich ziehe noch
schnell an der zigarette, dann laufe ich los.
ich verschwinde im badezimmer. auf der toilette denke
ich, eigentlich sieht das rot auf dem weißen porzellan
schön aus. ich schiebe den tampon in mich. ich wasche
das blut von meinen fingern.

Willie klopft an die zimmertür. wir sagen herein und
sie tritt an mein bett.
ich habe stifte für dich, malen oder zeichnen hilft!
ich habe kein papier, sage ich.
nachdem Willie mir papier gebracht hat, male ich
vulvas. ich male sie haarig.
mein schambereich hat runde löcher. ich habe die haare
so lange in einem waxing-studio ausreißen lassen, bis sie
aufgehört haben zu wachsen. jetzt sieht er aus wie ein
flickenteppich. ich habe ein serum ausprobiert, das die
augenbrauen und wimpern dichter machen soll.

vor wochen:

ich bin am hafen geblieben, damit meine eine nicht völlig zerfällt. mein bett ist das ledersofa. es ist glatt und durchgesessen. in der nacht warte ich darauf, dass die zimmertür von meiner einen aufgeht und sie im badezimmer verschwindet. dann geht die tür wirklich auf. ich stelle mich schlafend. als die badezimmertür zufällt, stehe ich auf und wecke meine andere.

ich halte das nicht aus, sage ich.

zieh dir eine jacke an, sagt meine andere.

meine andere setzt mich ins auto. wir schauen im lichtermeer schiffe, bis es hell wird und wir unsere finger nicht mehr spüren. meine andere legt mich zu ihr ins bett. mittags werde ich von meinem handy geweckt.

sehen wir uns heute?, fragt Johnny.

Johnny und ich treffen uns immer öfter. diesmal am deich und ich verschwinde in seiner schulter.

dieses blut an ihrer kleidung, sage ich.

Johnny drückt mich fest an sich.

Peach, du musst da raus!

ich telefoniere mit einer guten freundin. sie erzählt mir, dass sie einen zeitungsartikel gelesen hat, in dem steht, dass hormonelle verhütungsmittel oft psychische auswirkungen haben.

vielleicht hilft das wenigstens ein bisschen, sagt sie.

nachdem wir aufgelegt haben, rufe ich gleich meine alte frauenärztin an und mache mir einen termin aus. meine andere fährt mich hin. die frauenärztin zieht mir die spirale aus der gebärmutter. die spirale ist über die jahre festgewachsen. es tut furchtbar weh. ich bekomme eine dicke binde.

meine andere nimmt mich in den arm. wir steigen ins auto und fahren auf einer großen brücke über einen fluss.

ich bin so müde, sage ich.

ich auch, sagt meine andere.

meine eine hat immer noch ihren schlafanzug an. am schlafanzug klebt blut.

du ziehst dir jetzt einen neuen an, sage ich entschieden, ich will das nicht sehen.

meine eine verschwindet in ihrem zimmer.

hast du es desinfiziert?, ruft meine andere ihr hinterher.

ich setze mich ins gras und Willie tut es mir gleich.
ich habe nicht gut genug auf sie aufgepasst, sage ich.
ich mache großen blödsinn, sagt Willie und ihr blick
geht in richtung ihres verbands.
ich nicke.
ist es manchmal schwer für dich, mit mir zeit zu ver-
bringen?, fragt sie.
ich schüttle den kopf.
ich bin wegen ihr hier, sage ich.
das ist quatsch, sagt Willie.

heute gibt es radieschen als gemüse zum brot und aufstrich.
hat eine von euch vitamintabletten?, fragt eine patientin.
wir schauen uns an.
leider nicht, sagt Luzie dann, aber frag doch am stützpunkt.
ich habe heute nachtdienst auf der station im zweiten
stock, sagt die patientin und lässt sich auf einen stuhl
fallen.
ach wirklich?, fragt Mary verwirrt.
Luzies teller ist sehr voll. sie schält die radieschen. sie
pikst einzelne krümel des fettreduzierten hüttenkäses
auf und schiebt sie langsam in den mund.
die neue patientin isst erst den nachtisch, dann geht sie
eine zigarette rauchen.

das ist ayurvedisch, erst was süßes, damit man appetit bekommt, sagt sie, während sie sich wieder auf einen stuhl fallen lässt.

wir nicken gemeinsam mit den köpfen.

die zigarette ist sicher nicht ayurvedisch, denke ich.

　　　　　　　　🝳　🝳　🝳

die türklinke quietscht. ich wache auf. das licht geht an.

das bett meiner zimmernachbarin ist weg.

sie wird ins zimmer geschoben. ihre beiden arme sind verbunden.

ich kauere mich aufs sofa im gang und versuche zu atmen.

Carmen nimmt neben mir platz.

ich bekomme keine luft mehr, sage ich.

es ist okay, wenn sie heute wieder auf dem sofa schlafen, aber das darf nicht zur gewohnheit werden, sagt sie.

ich weiß, aber das ganze blut, meine eine und das rote handtuch, sage ich.

ich hole ihnen jetzt ihre bettdecke, sagt Carmen.

ich lege mich aufs sofa. irgendwann schlafe ich ein.

vor wochen:

ich habe aufgehört die tage am hafen zu zählen. ich übernachte nun bei Johnny. neben ihm schlafe ich ruhiger. wir berühren uns viel. wir schlafen nicht miteinander. wir bauen uns so einen alltag.

Peach, du gehst kaputt!, sagt Johnny oft, wenn ich abends erst mal meine stimme wieder finden muss.

tagsüber bin ich meistens bei meinen schwestern. ich versuche meine andere dabei zu unterstützen, dass meine eine einen tagesrhythmus lebt. ich koche, obwohl ich kochen nicht mag. ich wasche wäsche und gewöhne mich an das blut auf den kleidungsstücken. ich gehe einkaufen und überrede meine eine mitzukommen.

meine eine hat stark abgenommen und beschlossen vegan zu leben, was ich in ihrer situation für eine große dummheit halte. wenn sie nicht mit zum einkaufen kommen will, gehe ich mit ihr spazieren. wir gehen wege, wo wir keinen menschen begegnen. oft schweigen wir. die tränen sammeln sich in meiner brust. meine eine lässt sich kaum berühren. ab und an drücke ich ihr eine umarmung auf oder massiere ihre hände.

mittlerweile ist kein blut mehr im waschbecken und sie desinfiziert das schnittmuster.

ich glaube, die therapie bringt ein bisschen was.

Johnny fragt mich, ob ich seine freundin sein will. also so richtig halt, nicht wie früher, sagt er. du musst aber nicht mit mir zusammen sein, sage ich schnell.

er schaut mich an. ich nicke lachend und lege meinen kopf auf seinen bauch. ich beginne langsam nach seinem körper zu suchen.

meine träume kleben an meinen händen wie zucker-
watte. alles ist schwer.

ich gehe in den speisesaal, wenn ich glück habe, gibt es
schon kaffee. Willie löst an einem der tische ihre kreuzworträtsel. sie sagt, das sei wie meditation. ich setze
mich neben sie und lege den kopf auf ihre schulter.

auch schon wach?, frage ich.

scheiß nacht, sagt sie.

Bigmama kommt herein.

kaffee?, fragt sie.

ist noch nicht da, sagt Willie.

ich habe die ganze nacht nicht geschlafen, sagt Bigmama.

vielleicht war vollmond, sage ich.

der kaffee wird in den saal geschoben.

warum sind diese dämlichen tassen eigentlich so klein?,
fragt Willie genervt.

ich zucke mit den schultern. wir gehen in den raucherraum.

durch luftpolster zu gehen fühlt sich an wie ein maschi-
neller prozess. alles passiert automatisch. ein auslöser
drückt play und eine vorbestimmte abfolge beginnt. ich
tanze ein regelwerk, gegen das ich mich nicht wehren
kann und das ich nicht verstehe.

mein kreislauf schwankt. meine füße sind schwer.
meine hände können nicht mehr greifen. ich habe das

bedürfnis zu verschwinden. ich renne auf der stelle, bis
zur völligen erschöpfung. irgendwann muss ich weinen
aus verzweiflung.

eine ärztin mit klemmbrett und Carmen betreten mein
zimmer.
ich höre, sie haben wieder auf dem sofa geschlafen, sagt
die ärztin.
ich weiß nicht, wo ich sonst hinsoll, sage ich.
ich verstehe.
mein körper hat löcher.
Carmen, wir werden temesta und seroquel ein wenig
erhöhen, sagt sie schnell.
Carmen nickt.
wir müssen die muster auflösen, sagt die ärztin.
sie macht eine notiz und verschwindet aus dem zimmer.
ich schaue zur tür und bin fast ein bisschen beleidigt.

wie geht es dir?, fragt mein vater.
ich schlafe auf dem sofa im gang, sage ich.
mir hat heute eine klientin erzählt, dass sie auf dem
boden schläft. sie meint, das sei besser für ihren rücken.

wie geht es ihr?, frage ich.
besser, sagt mein vater, wie ist das wetter?
es wird jeden tag heißer, sage ich.
hier nieselt es mal wieder, sagt er.

vor wochen:

zurück vom hafen schüttle ich mich regelmäßig, um meine familie aus meinem körper zu bekommen. mit meiner anderen habe ich vereinbart, dass ich abstand brauche. Johnny motiviert mich, meine wohnung weiter einzurichten. meine kleidung ist zwar immer noch in einem koffer verknotet, dafür habe ich einen tisch und stühle besorgt. sogar zwei vasen mit blumen stehen neben meinem bett. ich habe ein sofa, einen duschvorhang und ein gästebett gekauft.

darin wirst du natürlich nicht schlafen, habe ich in die handykamera zwinkernd zu Johnny gesagt.

ich stehe am fenster. mein handy vibriert. speichel sammelt sich in meinem mund, als ich meine andere lese. ich komme aus dem takt und gehe trotzdem ran.

sie hat in der nacht bis zu den knochen geschnitten, sagt meine andere schnell.

ich gehe langsam zu meinem neuen sofa und lasse mich fallen.

sie hat mich ganz früh geweckt, weil es nicht aufgehört hat zu bluten. ich bin mit ihr in die notaufnahme gefahren.

okay, sage ich.

eine ärztin hat das gewebe wieder zusammengenäht und gefragt, ob unsere eine in behandlung ist. dann hat sie gesagt, wir sollten unbedingt noch zu einer psychiaterin gehen.

okay, sage ich, soll ich einen bus buchen und wieder zurückkommen?
ich habe einen notfalltermin für morgen bekommen.
ich glaube, sie muss richtig in die klinik, sage ich.
sie weigert sich, sagt meine andere.
rufst du morgen wieder an?

klick. klick. klick.

der boden fließt stumm durch meinen bauch. alles zieht an mir vorbei. ich versage bei erklärungsversuchen. in mir ist nichts, das antworten kann. und dabei muss es doch eine geben, zumindest eine antwort. ich darf jetzt nicht wieder schlafen, nicht scheitern. mein puzzle ist kaputtgegangen. ich muss die einzelteile aufheben, sie in meinen händen drehen und von allen seiten anschauen. mich zusammensetzen, kämpfen. diese lähmung. meine augen fallen zu. ich reiße sie wieder auf und versuche mich aufzusetzen. als ich aufwache, erstarrt mein körper erneut.

das denken in warum-fragen haben unsere eltern meinen schwestern und mir beigebracht. lösungen zu finden auch. es sind endlos besprochene, dann aber sofort wirkende lösungen. als würden wir gemeinsam eine es-ist-alles-wieder-gut-tablette schlucken.

ich wurde im analytischen denken ausgebildet. jedes detail ist wichtig. ein schiefer blick in der u-bahn, abgespeichert. abends nahm ich den blick und suchte die richtige stelle im puzzle. das puzzle ist außenwelt und mein inneres zugleich.

irgendwann schaffe ich es, mir kopfhörer in die ohren zu stecken. ich höre d'angelo. meine augen sind nass. meine wimpern verkleben. meine augen und ich selbst fühlen sich schmutzig an.

ich werde von einem fremden mann geweckt. er steht an meinem bett und schaut mich aufmerksam an. ich erschrecke mich sehr.

ich bin der therapeut der station, stellt er sich mit ruhiger stimme vor.

haben sie schon einen therapieplan erhalten?

nein, sage ich verwirrt.

der therapeut ist groß und hat blaue augen. er ist zu schön für mich.

ich habe immer zeit, sage ich und versuche zu lächeln.

das wird sich bald ändern, sie müssen raus aus dem bett, sagt er ebenfalls lächelnd.

ich bin immer müde.

wir werden sie ein bisschen aufwecken, sagt er.

die tür fällt zu.

Mary will jeden tag baden. es gibt einen extraraum mit einer badewanne. manchmal haben die pfleger*innen keine zeit für sie. Mary legt sich dann auf den boden vor dem stützpunkt.

heute kann sie baden.

nach dem bad läuft sie in unterwäsche, ihre haare in ein handtuch gewickelt, zu ihrem zimmer. eine schwester versucht sie vor blicken zu schützen und hantiert mit einem bademantel.

im raucherraum sitzt verzweiflung auf Marys nassen
augen.

ich will zurück in die türkei zu meinem sohn, sagt sie.

wie geht es ihr?, frage ich.

sie sagt besser, aber willst du nicht erst mal erzählen,
wie es dir geht?, fragt meine andere.

manchmal richtig scheiße und manchmal okayer. und
wie geht es dir?

alles gut, ich bin oft bei mama und papa. die sind am
ende. sie streiten sich täglich, wie früher, weißt du, sagt
meine andere.

behaupten sie immer noch, sie „diskutieren" nur?

ich habe sie gestern daran erinnert, dass sie das immer
gesagt haben. da war dann kurz pause und sie mussten
lachen.

manchmal habe ich das gefühl, du trägst zu viel, sage
ich.

mach dir keine sorgen, bei mir ist wirklich alles
gut.

ich krabble in mein bett und kuschle mich in diese glatte
bettdecke, die immer wegzurutschen scheint. ich ziehe das tischchen zu mir und sortiere meine bleistifte.
ich google egon schiele und suche mir ein motiv aus.
ich stecke mir kopfhörer in die ohren und mache mein
hörbuch an. die stimme von rufus beck beruhigt mich.

harry potter begegnet zum ersten mal dem, der seine eltern umgebracht hat.

meine katastrophe ist, dass meine familie lebt und sie gleichzeitig mein großer halt ist, denke ich.

eine schwester kommt ins zimmer.

haben sie ihre sachen gepackt?, fragt sie meine zimmernachbarin. meine zimmernachbarin bewegt sich sehr langsam. in ihrem gesicht sind neue schnitte. die schwester hievt den koffer auf das bett und löst die bremsen. meine zimmernachbarin hält sich am bett fest.

ich hole jemanden, der ihnen beim gehen hilft, sagt die schwester und verschwindet.

ein pfleger stützt meine zimmernachbarin und sie verlassen das zimmer. die schwester manövriert das bett wie einen einkaufswagen.

vor tagen:

ich höre die worte meiner anderen in meinem kopf und sehe es passieren. meine eine nimmt die rasierklinge und schneidet in die andere richtung. dann nimmt sie ein weißes handtuch. das handtuch wechselt innerhalb von sekunden die farbe. später schläft sie ein, eingewickelt in ein rotes handtuch.

am nächsten morgen weckt meine eine meine andere. meine andere geht duschen. dann packen sie eine tasche und fahren zu unseren eltern. meine eine will den länglichen schnitt nicht zeigen. meine mutter weint im auto auf dem weg in die klinik. meine eine wird auf der station aufgenommen.

ich höre wieder und wieder. der plastikboden hat flecken. die stunden vergehen. ein stein. ich muss eine rede
halten.
meine mutter schreit.
Peach, bin gleich da!

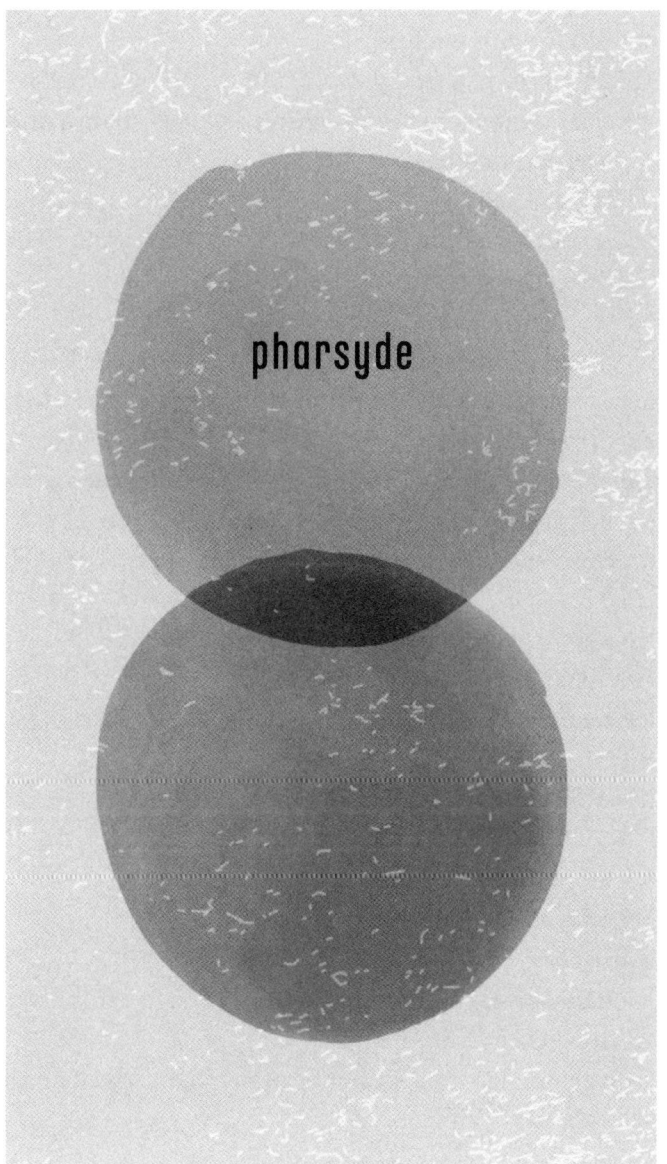

meine eine ruft mich an.

scheiße, sage ich, und dir?

scheiße, sagt meine eine, gestern waren mama und papa auf besuch da.

schön, sage ich.

es war furchtbar, mama weint und papa spricht über führung und den roten faden im leben.

okay.

wir waren kaffee trinken, endlich ein richtiger kaffee und nicht dieses entkoffeinierte zeug. was nimmst du?, fragt sie.

viel, aber ich vergesse immer die namen, sage ich.

ich nehme nichts, ich will nicht, sagt meine eine.

du weigerst dich medikamente zu nehmen?, sage ich laut.

ich nehme das handtuch, sagt meine eine sauer.

fick dich, denke ich, fick dich einfach.

ich muss jetzt auflegen, lüge ich, ich habe gleich ergo-therapie.

ich weine einen bach aus lauter wut und rotze.

ich klopfe an die zimmertür von Willie.

gehen wir eine rauchen?

was ist los?

ich habe mit meiner einen telefoniert, sage ich.

warum gehst du ans handy?

sie weigert sich medikamente zu nehmen, sage ich.

scheiße, sagt Willie.

ja, richtig scheiße, ich finds unmöglich.

ich und deine eine haben die gleiche diagnose, sagt Willie, ich bin ziemlich sicher, sie wird es nicht tun.
ich schlucke.
wie kannst du da sicher sein?
weil sie schon nach hilfe geschrien hat.
ich schlucke wieder. jetzt habe ich drei schwestern.

ich gehe ins bad und ziehe mich aus. ich schaue meinen körper im spiegel an. ich habe zugenommen, seit ich hier bin. über meinen rippen ist jetzt eine schicht fett. ich versuche auszurechnen, wie viele packungen butter auf meinen körper gestrichen wurden. ich bräuchte ein messer, um sie abzutragen, denke ich.
ich stelle mich unter die dusche und drehe das wasser auf. ich nehme shampoo und verteile es in meinen haaren. ich versuche das wasser abzudrehen. ich drehe, ziehe, drücke, aber das wasser geht nicht aus. ich beginne zu weinen. ich schiebe den duschvorhang zur seite, steige aus der dusche und stehe nass mit shampoo in den haaren da und tropfe den boden voll. das wasser aus dem duschkopf spritzt auf die fliesen. ich ziehe den duschvorhang wieder zu und wickle ein handtuch um mich. shampoo läuft mir in die augen, mir ist kalt. ich schluchze laut auf. ich öffne die zimmertür und renne den gang entlang zum stützpunkt. die augen von Carmen werden groß.

was ist denn mit ihnen passiert?, fragt sie erschrocken.
ich bekomme das wasser in der dusche nicht aus, sage
ich.
wir waschen ihnen jetzt das shampoo aus den haaren
und dann stellen wir das wasser ab, in ordnung?

vor jahren:

der lolli ist mir egal, sage ich.

mein vater trägt mich ins badezimmer. meine mutter nimmt ein buch und liest mir vor.

aua, das ziept!, jammere ich.

mein vater bürstet weiter. ich schaue in den spiegel und sehe meine abstehenden haare.

ich bin hässlich, schreie ich und breche in tränen aus.

fühl mal, sagt mein vater.

viel zu heiß, sage ich.

mein vater hebt mich in die badewanne. ich lege den kopf in den nacken und drücke die augen fest zu. mein vater lässt wasser über meine haare laufen.

es brennt!, brülle ich.

meine mutter hält mir den duschkopf ins gesicht. mein vater nimmt ein handtuch und ich reibe meine augen. sie spülen den rest shampoo aus meinen haaren. ich werde abgetrocknet und auf den geschlossenen klodeckel gesetzt.

spinnst du?, fragt meine mutter.

ich soll dich das fragen, sage ich.

ich sehe sie den kopf schütteln.

meine stimmbänder haben löcher!, sage ich.

was? also meine nicht!

magensäureverätzungen, sage ich.

ich? natürlich nicht!

du lügst, sage ich.

ich schwöre es dir! mein vater hat mich immer pummelchen genannt, sagt meine mutter.

ich weiß. er war ein arschloch!

als kind wolltest du, wenn du groß bist, deinen vater heiraten, sagt sie.

ich werde nicht heiraten, sage ich.

mal sehen!

früher habe ich mir einen anhaltenden magendarmvirus von gott gewünscht, sage ich.

oh gott, du und dein vater, sagt meine mutter genervt.

auf meinem plan steht ergotherapie. ich würde mich lieber ins bett legen, vielleicht würde ich sogar einschlafen. ich gehe zum stützpunkt und frage, ob ich die ergotherapie nicht ausfallen lassen kann. Carmen schüttelt energisch den kopf.

aber ich weiß ja gar nicht, wo ich hinmuss, sage ich.

wir gehen die treppen hinunter und Carmen zeigt mir die räume für die unterschiedlichen therapien. beim letzten raum öffnet sie die tür und schiebt mich hinein. überall hängen bilder und es gibt viele offen stehende schränke. ich habe noch nie so viele unterschiedliche acrylfarben gesehen. das radio läuft. es riecht nach chemie. durch die fenster scheint die sonne herein. ich sehe Willie und Bigmama an einem tisch sitzen. Willie nimmt die kopfhörer ab.

ich bin die ergotherapeutin, sagt eine frau strahlend.

sie führt mich durch den raum und zeigt mir alles.

du bist gerade überfordert, oder?

ich nicke.

du darfst dir alles nehmen, was du ausprobieren möchtest, sagt sie.

und was soll ich malen?, frage ich.

ein patient kommt weinend auf die ergotherapeutin zu.

das ganze bild ist hin, sagt er.

wir gehen jetzt erst mal eine zigarette rauchen und dann helf ich dir, sagt sie.

ich nehme mir acrylfarben, ein blatt papier und einen pinsel. ich lege den kopf auf den tisch.

beim morgenspaziergang lerne ich die physiotherapeutin kennen. sie trägt bunte leggings und turnschuhe.

wir treffen uns vor dem pavillon. wir sollen die arme kreisen. ich kreise meine arme. dann sollen wir uns mit einem lauten seufzer nach vorne beugen, die beine gestreckt lassen und mit den händen den boden berühren. den seufzer lasse ich weg und lege die hände auf dem boden ab. das blut steigt mir in den kopf. ich denke an kaffee und eine zigarette.

alle bekommen kleine, grüne ringe mit einem schwarzen griff in die hand gedrückt.

das ist ein smovey, sagt die physiotherapeutin, sie nehmen jeweils einen in die hand und beim gehen lassen sie die arme mitschwingen, das verbessert die haltung.

ein trupp aus mintgrünen gestalten mit smoveys in den händen setzt sich in bewegung.

wir erhöhen das tempo, ruft die physiotherapeutin von vorne.

wie ferngesteuert gehen alle ein bisschen schneller. ich hasse es, bergauf zu gehen. die aussicht oben kann mich mal.

wir bleiben vor einer kirche stehen. einige, inklusive mir, schnaufen vor sich hin. ein paar andere legen ihre smoveys ab und zünden sich eine zigarette an.

das haben sie alle wirklich gut gemacht, sagt die physiotherapeutin.

zum glück geht es bergab schneller, denke ich. Willie
stellt sich neben mich.

die hat echt schrecklich gute laune, flüstere ich.

Willie grinst.

ich glaube, morgen verschlafe ich, flüstere ich weiter.

auf dem rückweg überhole ich die physiotherapeutin.
ich lasse meine smoveys vor dem pavillon liegen, nehme
die treppen zur station, schenke mir im speisesaal kaffee
ein und hole meinen tabak. ich gehe wieder nach draußen. vor dem pavillon sehe ich die anderen in einem kreis
stehen. die physiotherapeutin hebt eine augenbraue.

stellen sie sich bitte dazu, wir sind noch nicht fertig!,
sagt sie streng.

ich stelle die kaffeetasse auf den boden und bewege mich
in richtung kreis. diesmal sollen wir auf der stelle hüpfen
und dabei schnauben. dann ist es endlich vorbei. ich
nehme meine kaffeetasse, strecke mich auf der wiese
aus und drehe mir eine zigarette.

ich schreibe Johnny: *beim morgenspaziergang müssen wir
kreisen und hüpfen. es ist zum kotzen.*

oh gott!, schreibt Johnny.

meine gedanken sind schleifen.

vor monaten:

draußen ist es sehr kalt. mein gesicht ist rot. Johnny und ich suchen schutz vor dem schneeregen. wir brechen auf einer baustelle ein. schauen uns den großen, einge- rüsteten rohbau an, in dem viele eigentumswohnungen entstehen sollen.

ein platz für reiche, sagt Johnny.

wir betreten eine riesige wohnung im erdgeschoss. es ist sehr staubig. auf dem boden liegt überall glaswolle und durch die fenster scheint straßenlaternenlicht. Johnny baut eine matratze, er legt seine jacke auf einen haufen glaswolle, dann küsst er mich.

heizstrahler wären gut, sage ich.

ich ziehe meinen mantel aus und lege ihn zu Johnnys jacke. seine berührungen lassen meinen körper warm werden.

wir kommen gleichzeitig. wir ziehen uns wieder etwas an. Johnny dreht einen joint, ich eine zigarette und ich nehme einen schluck bier. wir wechseln, ineinander verschwindend, zwischen joint und zigarette hin und her.

auf dem weg nach hause schweigen wir. Johnny geht in seine wohnung. ich in meine. zum abschied einen kuss. vergiss nicht zu duschen, Peach, glaswolle schneidet die haut auf, sagt Johnny.

ich liege in der badewanne und höre frank ocean. ich habe muskelkater vom tanzen und spüre, wie ich den alkohol aus meinen poren schwitze. ich habe extra viel badezusatz genommen, damit ich den alkohol nicht rieche. das glas rotwein und der joint werden meine kopfschmerzen beseitigen.

ich schiebe den schaum von meinen brüsten und zupfe mir die haare um die brustwarzen weg. der kurze schmerz macht mich wacher. ich zünde den joint an und versuche nicht zu bewerten. es ist diese nicht-sicherheit, das alleine einschlafen, die fehlenden worte, die es zusammenbinden könnten. diese fucking blume, die Johnny an meinen hauseingang geklebt hat.

für Peach!

manchmal würde ich ihn gerne anschreien.

ich tauche mit dem kopf unter.

ich rufe meine eine an.

geht so, sagt sie.

ich hatte das erste mal einen morgenspaziergang, sage ich, es war schlimm.

meine eine lacht. morgenspaziergang ist okay, sagt sie dann.

wir machen so arme kreisen und seufzen.

wir latschen nur ein bisschen durch die gegend mit kaffee und zigarette. ist nicht besonders schön hier, aber was solls, sagt sie.

kaffee ist nicht, sage ich, und bergauf gings auch noch.

meine eine lacht wieder.

kennst du smoveys?, frage ich.

oh gott ja, die dinger sind zum kotzen.

jetzt muss ich lachen.

da fühle ich mich immer, als wäre mein körper schon irreparabel geschädigt, sagt sie weiter.

wir machen uns noch eine weile über die therapien lustig, dann legen wir auf.

mein therapeut und ich gehen auf dem klinikgelände spazieren. blau ist eine kalte farbe, seine augen sind trotzdem warm.

sie halten beim gehen die luft an, versuchen sie auszuatmen, sagt er.

ich puste durch den mund luft aus.

möchten sie immer noch spazieren gehen?

wir setzen uns auf eine bank.

mein vater sagt, ich sei gottes tochter, sage ich.

sie intellektualisieren ihre bedürfnisse, sagt mein therapeut.

in mir ist alles ganz still und gleichzeitig möchte ich schreien, sage ich.

sie denken zu weit.

die leere frisst alles auf, sage ich.

es geht um den nächsten schritt, sagt er.

ich bin unsichtbar.

wir sehen uns bei der morgenrunde, sagt mein therapeut.

wir gehen die stufen zur station nach oben. die tabletten lassen meine gedanken ziehen und ich kann sie nicht festhalten.

ich liege auf der wiese vor dem pavillon und versuche den boden und das gras entspannend zu finden. unter mir und auf mir krabbelt es. plötzlich spüre ich etwas großes mein bein auf und ab laufen. ich springe hoch und schubse den käfer weg.

diese fucking insekten, sage ich laut.

in der nähe sehe ich Willie mit einem typ sitzen. sie weint. ich will die beiden nicht stören.

Willie ist nicht beim abendessen und nicht beim frühstück am nächsten morgen.
ich frage Carmen nach ihr.
ich darf ihnen leider keine auskunft geben, sagt sie.

vor jahren:

mein vater hat eine vision, bei der eine stimme ihm sagt: *meine tochter ist geboren*. mein vater hat öfter visionen, meine mutter nie, deswegen erzähle ich meinem vater von meinen problemen.

ich bin traurig, sage ich.

setz dich ins auto, sagt er.

wir fahren los. auf dem weg redet das radio für uns. wir laufen neben schiffen.

take it easy. du musst das leben leicht und locker nehmen, sagt mein vater und tänzelt um mich herum. sein blick geht gen himmel.

deine führung ist ausgezeichnet, so einen weg hat nicht jede von ihm bekommen.

ich muss so leicht wie mein vater werden. ich bin seine tochter und die von gott, denke ich.

ich begegne Willie auf dem gang. sie hat rote, verquollene augen und starke augenringe. ich nehme sie in den arm.

was ist passiert?, flüstere ich.

ich spüre ihre tränen an meinem hals.

mein freund hat sich von mir getrennt, sagt sie.

ach du scheiße, sage ich und streiche über ihren rücken.

wir lassen uns im schatten eines großen baumes nieder.

er hat gesagt, er halte mich nicht aus, meinen verband nicht, meine gedanken nicht, meine gefühle nicht, sagt sie.

ich spüre, wie sich vor wut meine stirnfalten zusammenziehen.

er hat gesagt, dass er nicht weiß, was er seinen freund*innen sagen soll, dass ihm das alles peinlich ist, hat er gesagt.

was für ein arschloch, sage ich.

ich habe alles kaputtgemacht, sagt Willie.

sie dreht sich eine nasse zigarette. ich streiche ihr wieder über den rücken.

ich habe angst, dass alle menschen gehen.

ich werde bleiben, sage ich.

vor monaten:

Johnny und ich verabreden uns an einer u-bahn-halte-
stelle, bevor ich in die neue stadt ziehe. ich weiß, was
passieren wird. wir haben schon öfter versucht, dieses
namenlose uns zu beenden, wegen der wiederkehrenden
scherben, die mal mir, mal Johnny wehtun. diesmal ist
es mein wunsch, uns endlich zu benennen. aber Johnny
meint, er hält die tausend kilometer nicht aus.

ein mann mit mandel-pupillen und einem bier in der
hand stolpert auf mich zu. er erzählt mir, dass er aus
kanada kommt.

your're waiting for your love, right?, sagt er.

nein, auf einen guten freund.

seine pupillen verengen sich, als ob er scharf stellt.

your're lying, wenn er dich liebt, lässt er dich nicht warten.

fahr nach hause und versuch zu schlafen, sage ich.

er liebt dich nicht, sagt der mann.

ich drehe mich weg, weil ich nicht will, dass der fremde
meinen herzschlag sieht. ich entdecke Johnny. er steht
da und fokussiert den mann.

Johnny und ich gehen spazieren. wir sprechen über die
neue stadt und über den hafen. über uns und die distanz.
Johnny beginnt viele sätze mit aber. ich entkräfte. da-
zwischen leerstellen. themenwechsel. ich erzähle von
meinen eltern. er von seiner familie. die nähe tut mir
weh. am ende umarmen wir uns. ich lege meinen kopf
auf seine brust und verharre regungslos, um einen kuss

zu vermeiden. Johnny küsst meine stirn. ich steige in die u-bahn. Johnnys lippen auf meiner stirn.
ich stecke kopfhörer in meine ohren.
promise that you'll sing about me forever.

ich will es vergehen lassen, will es aussetzen, will dieses loslassen versuchen, mit dem ich aufwuchs und das heute ständig in sogenannten frauen-magazinen steht. ich schreibe einen langen brief mit bleistift. ich falte daraus ein schiffchen. es dauert sehr lange, weil meine hände nicht so können, wie das youtube-video es erklärt. ich schneide mich am papier und es bekommt blutflecken. ich haue mit der faust auf den boden, während ich verfickte scheiße denke.
ich fahre an den großen fluss der neuen stadt. ich suche einen ort auf ohne menschen. ich starre zur anderen uferseite, dann schiebe ich beim ausatmen mit meinen armen die luft richtung wolken. nach ein paar wiederholungen setze ich das schiffchen in den fluss. das wasser verschluckt es mit einem wimpernschlag. ich brülle den fluss an: fuck you, schiffchen, fuck you, Johnny!, und es bringt überhaupt nichts.
zu hause nehme ich meine wut und beschließe, geschirr, ein bett mit lattenrost und einen topf zu kaufen – und zwar sofort. schluss mit mich von obst und bestelltem essen zu ernähren. ich klicke was praktisch

aussieht in den warenkorb. am ende drücke ich auf bestellen.

in der nacht binde ich meine hände fest, um Johnny nicht zu schreiben. mein körper zerplatzt fast an der hoffnung auf eine antwort.

es ist ein kreis aus stühlen aufgestellt, an den wänden stehen und hängen musikinstrumente. bei den meisten habe ich keine ahnung, wie sie heißen. Willie und ich drängen uns nebeneinander. Luzie tänzelt mit Mary im schlepptau in den raum. sie hat frisch lackierte fingernägel.

mega gute farben, flüstere ich ihr zu.

ich leih sie dir, flüstert Luzie zurück.

Mary wirkt noch unmotivierter als ich.

die musiktherapeutin schließt die tür.

wir beginnen heute gleich mit den instrumenten, nehmen sie sich die, die sie möchten, sagt sie.

einige stehen sofort auf und suchen sich ein instrument aus. ich schaue die wände an. ich nehme einen kleinen, runden gegenstand, der rasselt, wenn ich ihn bewege.

ein chaos aus schiefen tönen bricht aus. Mary pustet langsam in ein langes ding aus holz. Luzie haut auf ihre trommel. es wird immer lauter und lauter. meinen rasselnden gegenstand bewege ich nicht.

ich stehe auf und verlasse den raum. ich rutsche an der wand herunter auf den boden und schnappe nach luft. ich umarme meine knie und lege den kopf auf ihnen ab. irgendwann geht die tür auf. die musiktherapeutin hockt sich vor mich.

wenn sie möchten, können wir einen einzeltermin ausmachen, sagt sie und überfliegt meinen therapieplan.

hier?, fragt sie.

ich nicke.
sie nimmt einen stift und macht einen vermerk auf
meinem plan.

hier ist die zeit stehen geblieben und trotzdem bewegen
sich die zeiger auf der uhr im gang langsam vorwärts,
denke ich. die hitze hat angefangen zu stehen. draußen hält man es selbst im schatten nicht mehr aus. ich
schwitze, ohne mich zu bewegen. ich schwitze generell
mehr seit den vielen medikamenten. Carmen meint, das
sei leider eine häufige nebenwirkung.
Willie und ich treffen uns im raucherraum. wir rauchen
eine zigarette nach der anderen.
Willie beginnt plötzlich zu weinen.
was ist los?
ich habe mich gerade übergeben, also absichtlich, sagt
sie.
scheiße!
ich esse so viel!
ich wollte schauspielerin werden. für die bewerbung
musste ich zu einem phoniater, der die stimme kontrol-
liert, sage ich und stocke.
Willie schaut mich an.
ich habe magensäureverätzungen auf den stimmbän-
dern, sage ich.
und das gutachten?

hat der phoniater mir ausgestellt, weil ich so verzweifelt war. danach habe ich aufgehört.

ich habe immer wieder rückfälle, sagt Willie.

hatte ich auch.

vor jahren:

in der küche hängen kalorientabellen. auf der anrichte liegen ein kleiner taschenrechner in gelb und eine küchenwaage. abends essen meine eltern nichts mehr, sie nennen das intervallfasten.

wenn ich aus der schule komme, steht meine mutter mit der waage da und wiegt essen ab.

meine mutter isst nur salat, während sie uns fragt, ob wir noch eine portion wollen.

nach dem mittagessen gehe ich zum kühlschrank.

hast du noch hunger?, fragt meine mutter lächelnd und zählt auf, was noch alles an essen da ist.

ich mache mir ein käsebrot mit remoulade. danach stopfe ich alles in mich hinein, was ich mir sonst verbiete. am ende ein glas milch.

ich lasse badewasser ein, drehe musik laut auf. ich stecke zwei finger in meinen hals. am anfang brauchte ich nur einen finger. ich erbreche, mein körper zuckt und krampft.

wenn nur noch magensäure kommt, bin ich leer.

ich spüle meinen mund aus. ich putze das klo und verwische meine spuren. ich steige vorsichtig in die badewanne. sitze zitternd im zu heißen badewasser.

ich steige aus der badewanne, wickle ein handtuch um mich und lege mich auf den kalten boden. die beine lege ich hoch auf den geschlossenen klodeckel.

nach einer weile höre ich auf zu zittern und mein pulsschlag beruhigt sich. ich stehe langsam auf und schaue in den spiegel. ich ziehe mich an. ich bin erleichtert, dass meine jeans zu groß wird.

es ist trend, die hosen hochzukrempeln. ich finde meine knöchel sehen dann dick aus und meine beine zu kurz. ich traue mich nicht enge t-shirts zu tragen. meistens trage ich schwarz. ich tusche meine wimpern und male meine lippen rot an.

ich treffe eine freundin. wir fahren in die stadt und trinken in einer bar wein und wodka pur. auf dem weg zur nächsten bar wird plötzlich alles schwarz. ich wache in den armen eines türstehers auf. er wiegt mich wie ein kind. der andere türsteher holt ein glas wasser. ich werde auf einen barhocker vor dem eingang gesetzt und trinke.

geht es wieder?, fragt der eine türsteher und legt vorsichtig die hand auf meine schulter.

geht schon, sage ich.

sollen wir ein taxi rufen?, fragt die freundin.

geht schon, wirklich!

ich streife meine sandalen ab und verknote die beine zu einem schneidersitz.

mein leben ist ein scherbenhaufen, sage ich.

ich verstecke die tränen in meinen augen. mein therapeut gibt mir ein taschentuch.

wann hat der schmerz begonnen?

nach der schule habe ich fast immer geweint. in der schule hat niemand mit mir gesprochen.

mein therapeut notiert und schaut mir dann wieder in die augen. ich würde gerne meinen kopf auf seiner schulter ablegen.

am anfang habe ich mich nur ab und an übergeben, irgendwann dreimal am tag.

und sie haben damit ohne hilfe aufgehört?

ich habe getrunken und viele drogen genommen. ich habe alles weggetanzt und hatte viele one-night-stands.

und nach dem umzug?

heimweh. dann meine eine. ich bin von der neuen stadt zum hafen gependelt und habe versucht ihr und meiner familie zu helfen, ich habe versagt.

nein, das haben sie nicht, sagt mein therapeut bestimmt.

es ist zu viel in meinem kopf. ich kann das nicht greifen, mir nicht merken, alles schwimmt, sage ich.

mein therapeut nimmt ein blatt papier und zerreißt es in kleine stücke.

sie schreiben alle themen und gefühle, die das ständige rauschen verursachen, auf diese kleinen zettel, sagt er.

ich schreibe sehr schnell viele wörter auf. mein therapeut holt eine kleine pappkiste aus seinem rucksack und öffnet sie.

bitte, sagt er.

ich lasse die zettelchen in die kiste fallen.

wir werden einen nach dem anderen herausnehmen und uns anschauen. wir werden keinen vergessen!, sagt mein therapeut, während er die kiste zumacht, ich passe auf die kiste auf, sie müssen das nicht alleine tragen.

ich bin taub. meine haut ist trocken. ich kratze an meinen armen. im auseinanderhalten war ich nie gut, dieses zwischen mir und mir.

ich halte mich selbst nicht aus. diese wiederkehrenden bilder und sätze: heulst du? ich weine seit stunden!

das rote handtuch in der waschmaschine.

das blut am schlafanzug.

Peach, du gehst kaputt!

eine schleife in meinem kopf.

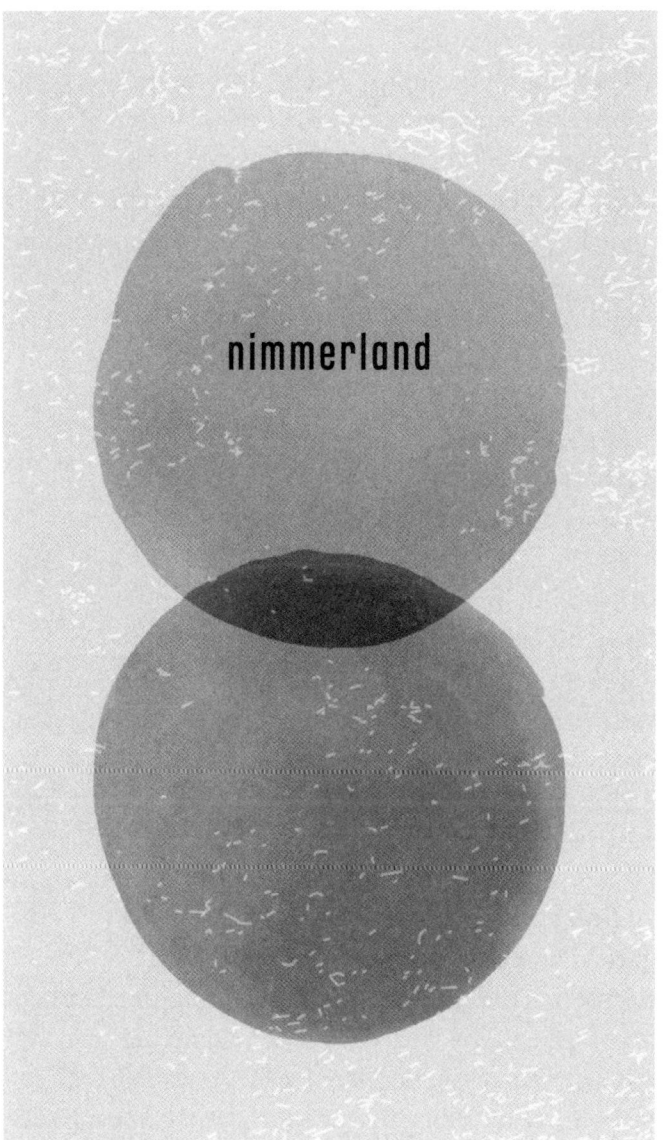
nimmerland

frühling, vor jahren:

ich bekomme eine puppe geschenkt, eine baby doc. die puppe trägt einen weiß-roten krankenhausschlafanzug und hat einen blassroten kreis auf der stirn. wenn sie liegt, klappen ihre augen zu. dazu gibt es einen weiß-roten koffer, in dem verbandszeug, ein stethoskop und was ich sonst noch brauche drin ist.

mein vater steckt zwei batterien in die puppe und sie beginnt zu husten. auf der verpackung steht, dass die baby doc auch fieber, einen wunden po und herzklopfen bekommen kann. ich höre ihrem herzschlag mit dem stethoskop zu.

die darfst du aber nicht baden, sagt meine mutter.

ich schaue sehr ernst und nicke. der kreis auf ihrer stirn ist plötzlich knallrot. ich krame in dem koffer.

du musst lieb sein, sage ich wichtig, sie hat fieber.

ich renne in die küche, komme mit einem nassen waschlappen zurück und nehme meinem vater die pup-pe ab. ich flüstere ihr beruhigende worte zu.

meine eltern pusten luftballons auf und verteilen luft-schlangen. ich ziehe ein kleid an mit ganz vielen kleinen blumen darauf und bitte meine mutter, mir die haare zu flechten.

darf ich lippenstift?, frage ich sie.

sie malt mir die lippen an. meine mutter hat meinen lieb-lingskuchen gebacken. der kuchen ist mit kirschen und streuseln. mein vater trägt einen hut und einen rock von meiner mutter. er sieht sehr lustig aus. meine oma hat fleischklößchen gemacht, weil sie das am besten kann.

mein vater begrüßt meine freundinnen mit verstellter
stimme.

wie viele würstchen braucht man für einen kreis?, fragt
er.

dabei tänzelt er auf und ab. meine freundinnen rufen
ihm zahlen zu. falsch, flötet mein vater, wie heißt euer
mathelehrer?

herr müller, rufen wir im chor.

müllerchen, müllerchen, singt mein vater, der hat euch
ja gar nichts beigebracht.

irgendwann weine ich.

dein vater hat eine feine künstlerseele, sagt meine oma.
sie schaukelt mich auf ihrem schoß, während ich mich
schnäuze. ich verstehe nicht richtig, was sie meint, aber
so eine brauche ich auch, so eine künstlerseele.

sommer, vor jahren:

in unserem garten stehen ein apfelbaum, ein kirschbaum und ein alter zwetschgenbaum. die zwetschgen fallen schimmlig auf den boden.

im sommer essen wir oft im garten mittagessen oder abendbrot.

bei der hitze macht das gar keinen spaß, sagt mein vater.

die paar wespen, sagt meine mutter und verdreht die augen.

sie nimmt das tablett und geht in den garten. mein vater nimmt eine sprühflasche mit. mit der haben wir unseren katzen beigebracht, in der küche nicht auf die arbeitsfläche zu springen. meine schwestern sitzen schon am tisch.

wenn ihr eine wespe seht, muss jemand von uns sprühen, sagt mein vater.

die erste wespe. meine schwestern und ich springen auf und stehen mit aufgerissenen augen auf unseren stühlen, halten unsere hände schützend über die gläser und pressen die lippen aufeinander, wie mein vater es uns beigebracht hat. mein vater sprüht wild auf die wespe ein.

das essen schwimmt gleich, sagt meine mutter.

das ist egal!, schreit mein vater, die müssen ordentlich nass werden, dann kommen sie nicht wieder. seht ihr!

die zweite wespe. mein vater beginnt mit den armen zu wedeln und zu quieken.

ihr müsst sprühen, schreit er mit geschlossenem mund.

meine andere schnappt sich die sprühflasche und sprüht meinem vater ins gesicht. er quiekt noch mehr. meine mutter lacht laut auf.

ich hole mir ein handtuch, sagt mein vater und stapft ins haus.

in diesem sommer zählen meine schwestern und ich unsere wespenstiche. meine eine weigert sich mittlerweile den garten zu betreten. mein vater gibt meiner einen einen stein.

der beschützt dich vor den wespen, sagt er.

du brauchst auch so einen stein, sage ich zu ihm.

meine eine nimmt strahlend den stein und rennt in den garten. kurze zeit später steht sie heulend im wohnzimmer.

was ist passiert?, fragt meine mutter.

der scheiß stein ist kaputt!

wir brauchen eine halbe zwiebel, ruft mein vater.

meine mutter hastet in die küche. sie kommt mit einer halben zwiebel zurück, die sie auf den wespenstich drückt.

ich gehe nie wieder in den garten, schreit meine eine.

diese scheiß viecher, brüllt mein vater, ich bring die alle um.

nachdem mein vater den kriegszustand ausgerufen hat, fährt er in den baumarkt und kommt mit neuen sprühflaschen zurück.

das ist wespenvernichtungsmittel, da ist kein wasser drin, sondern gift, sagt er stolz.

aber du kannst doch nicht beim essen die wespen mit
gift ansprühen, sagt meine mutter.

meine eltern verstehen erst spät, dass das enorme
wespenaufkommen an den zwetschgen lag.

ihr müsst den baum umbringen, sagt meine eine kalt.

herbst, vor jahren:

wenn meine schwestern oder ich krank sind, ist immer viel los. oft sind wir gleichzeitig krank, das ist am besten. als erstes gibt es notfalltropfen, die schmecken eklig. mein vater erklärt uns, was wir haben, und zeigt uns im anatomiebuch, wo die krankheit sitzt. meine mutter durchsucht die hausapotheke. die hausapotheke besteht aus drei schränken. mein vater fährt zur videothek. wir dürfen uns aussuchen, mit welchem film wir anfangen. manchmal sind die filme langweilig, weil meine eine noch klein ist und sie die geschichte ja auch verstehen muss. wenn wir müde sind, liest meine mutter uns vor. es gibt viel fencheltee und wenn uns nicht schlecht ist nutellabrote. die nutella ist nicht echt, sondern kommt aus dem reformhaus. sie heißt rapunzel, was schöner klingt als nutella.

einmal bekomme ich antibiotika. ich habe vierzig grad fieber und kann keine filme schauen. beim vorlesen schlafe ich immer gleich ein. der kinderarzt meint, meine eltern sollten mir wadenwickel machen. sie rufen eine andere kinderärztin an.

das antibiotika ist flüssig und schmeckt nach erdbeere. nach dem antibiotika muss ich jeden tag viel joghurt essen, damit die darmflora sich wieder aufbaut.

ein anderes mal sind auch meine eltern krank. wir haben alle grippe. meine tante leiht filme aus und geht einkaufen, weil mein vater im bett liegt und schwitzt. meine mutter legt zwei matratzen im wohnzimmer auf den boden. meine schwestern und ich schauen filme und meine mutter schläft. meine tante kocht sogar für uns. mein vater muss ständig die bettwäsche wechseln. meine mutter sagt, er müsse zum arzt, aber mein vater will nicht.

winter, vor jahren:

meine mutter und ich gehen vor weihnachten einen hamster für meine eine kaufen. sie will unbedingt einen, weil eine freundin von ihr einen hat. ich darf den hamster aussuchen. ich nehme den kleinsten. er ist weiß und hat sehr langes fell. er kostet weniger als der käfig. meine eine nennt ihn patrick, wie den seestern aus einer serie, die sie nicht schauen darf.

was ist das denn?, fragt meine oma.

ein hamster, sage ich.

ach gott, ach gott.

meine eine nimmt patrick aus dem käfig und lässt ihn fallen. patrick rennt unter ein regal.

meine mutter schreit als erstes den hund an. meine eine weint.

der mag dich sicher trotzdem, sagt sie.

meine oma schüttelt den kopf. mein vater legt sich flach auf den boden vor das regal und versucht den hamster zu fangen. der hund rennt zu meinem vater und legt sich auch flach auf den boden.

verdammt!, ruft meine mutter.

ach gott, ach gott, sagt meine oma wieder.

es dauert lange, bis mein vater patrick eingefangen hat. patrick stirbt, wenn du ihn quetschst, schreit meine eine. mein vater setzt patrick in den käfig und macht ihn zu. meine mutter atmet laut aus.

into my arms

ich lege mich ins bett. ich stehe auf. ich gehe den gang entlang. ich lege mich wieder ins bett. ich stehe wieder auf. ich gehe zum stützpunkt. ich beginne sofort zu weinen.

was ist los?, fragt Carmen.

ich vermisse sie, sage ich.

ich setze mich und bekomme ein taschentuch.

ich hole mein handy, gehe in den aufenthaltsraum und
drücke auf mama. sie hebt sofort ab.
ist papa auch da?, frage ich.
wie geht es dir?, fragt mein vater.
ihr fehlt mir, sage ich.
die neue stadt ist so weit weg, sagt meine mutter.
wie geht es euch?
ganz okay, sagen meine eltern im chor.
wie geht es meiner anderen?
die hat ein jobangebot bekommen, sagt meine mutter.
wie geht es meiner einen?
besser.
mir hat sie gesagt, sie hasse die therapien, sage ich.
wie ist denn das wetter bei euch, fragt mein vater.
ich schwitze ständig, sage ich leise.
hier regnet es mal wieder, sagt mein vater genervt.

⬤   ⬤   ⬤

ich knie im gang auf dem boden und schreie schluch-
zend ins telefon.
was können wir tun?, fragt meine mutter.
ich will, dass ihr endlich herkommt!
eine stunde später schickt mir meine mutter einen
screenshot von ihren flugtickets.

meine eltern kommen an einem sehr heißen, stickigen tag. sie warten vor dem pavillon, ich hole sie dort ab.

erschreckt euch nicht, sage ich, nachdem wir die station betreten haben. das ist mein zimmer.

meine eltern nehmen sich stühle.

wir haben dir etwas mitgebracht, sagt meine mutter und reicht mir ein kleines päckchen. ich packe es vorsichtig aus – ein kuscheltier.

du wirst immer unsere tochter sein, sagt mein vater.

jetzt weinen auch meine eltern. ich nehme das kuscheltier an meine brust.

ich würde gerne essen gehen, sage ich, irgendwas, was nicht geliefert und dann auf einem rollwagen durch die klinik geschoben wird.

darfst du das denn?, fragt mein vater.

ich ziehe die krankenhauskleidung aus und einen rock und ein t-shirt an. ich kämme mir die haare.

wir fahren in die innenstadt und setzen uns in einem lokal draußen an einen tisch. langsam verschwindet der geruch von desinfektionsmittel aus meiner nase. ich bestelle eine pizza. mir läuft schon wieder eine träne die wange hinunter. ich wische sie schnell weg.

deine eine wird nächste woche entlassen, sagt meine mutter.

sie meint, sie habe genug pause vom leben gehabt, sagt mein vater.

ich schlucke.

sie will sich eine neue therapeutin suchen nach der entlassung, sagt mein vater.

du hältst das für keine gute idee?, sagt meine mutter.

ich schüttle den kopf.

die pizza hat einen dünnen teig und ist mit artischocken, kapern, mais und viel käse belegt. ich vergesse kurz die welt.

nach dem essen schlendern wir die straßen auf und ab, schauen uns schaufenster an und nehmen uns oft in den arm. mit jedem schritt kommt der abschied näher. wir bleiben vor einem taxistand stehen. mein vater hält mich lange fest.

wir kommen bald wieder, wenn du möchtest, sagt meine mutter.

ich öffne die taxitür, dann schließe ich sie.

wo soll es denn hingehen, junge dame?, fragt der taxifahrer.

ich warte darauf, dass der motor angeht. ich sehe meine eltern winken.

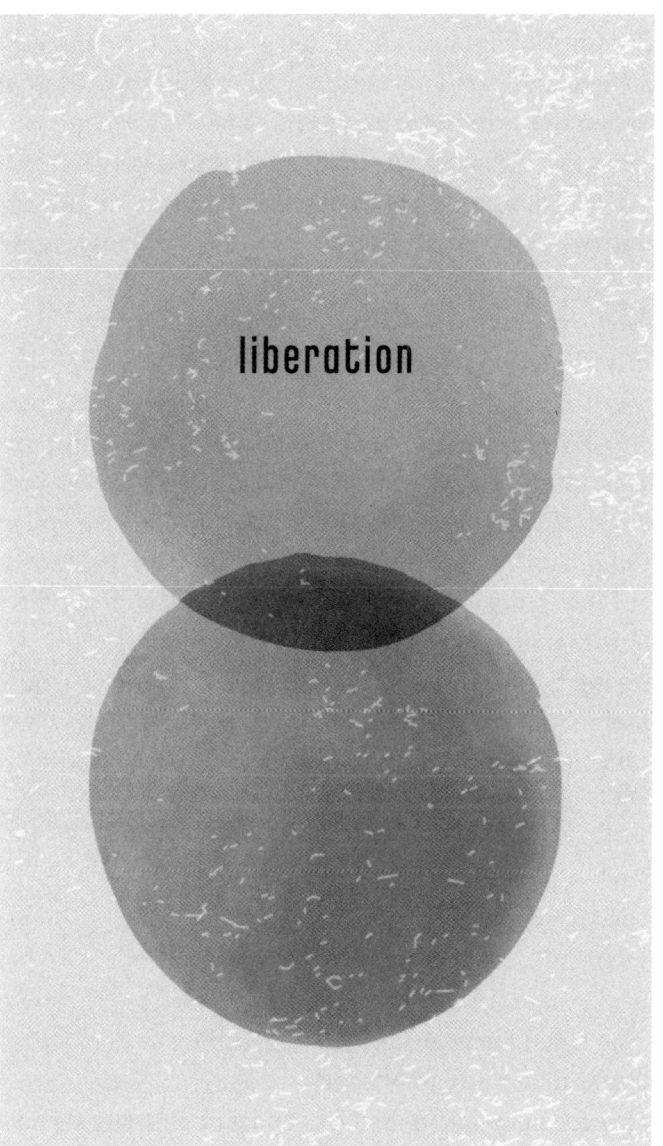

liberation

die klinik liegt auf einem berg. sie besteht aus verschiedenen pavillons, auf den einzelnen stockwerken liegen die stationen. oft riecht es nach frisch gemähtem gras. die stationen sollen nach und nach geschlossen werden, weil sie nicht mehr den eu-standards entsprechen und die pavillons unter denkmalschutz stehen.

sie dürfen nicht umgebaut werden, sagt Carmen.

unsere station wird geschlossen, als ich ungefähr drei monate da bin. die gesamte station mit dem pflegepersonal, den ärzt*innen, den therapeut*innen und uns wird umziehen. die schwestern und pfleger packen umzugskartons. es liegt schwere in der luft. die therapien fallen aus. der krankenhausalltag bricht zusammen.

auf dem gang ist viel los. patient*innen laufen verwirrt herum und vor dem stützpunkt gibt es stau.

meine beine kleben am plastikboden und ich sortiere meine sachen. ich nehme das heft mit den kreuzworträtseln, das mir Willie geschenkt hat, und einen stift. ich löse ein paar wörter.

Willie kommt ins zimmer.

ich kriege es nicht hin, sagt sie.

ich auch nicht.

rauchen?

eine frau kauert auf einem der stühle vor dem stützpunkt neben einem pfleger.

aber ich liebe sie, mein herz gehört ihnen, sagt sie entschieden.

sie sind verheiratet, ich bin verheiratet, sagt der pfleger
ruhig.

ich bin nicht verheiratet, davon wüsste ich, sagt die frau.

der pfleger schließt die augen.

wollen wir ihren mann anrufen?, fragt er.

Willie und ich sind an der reihe.

wir sind wieder da, sage ich.

sind sie fertig mit packen?, fragt eine schwester.

ich beginne zu weinen.

sie tun jetzt einfach alles, was ihnen gehört, in ihren
koffer, sagt sie stöhnend.

ich weiß auch nicht, was los ist, sage ich.

das ist gerade egal, wichtig ist nur, dass sie alles in ihren
koffer tun!

nach dem frühstück fahren kleine krankentransporter vor, die uns in die neue klinik bringen sollen. wir werden losgeschickt, um unsere sachen zu holen. ich ziehe
meinen koffer aus dem zimmer. ich trage ihn die treppe
hinunter und stelle mich zu den anderen patient*innen
vor den pavillon. ich habe blumen in der hand.

Mary hat ihre schuhe verloren.

wo haben sie die schuhe denn ausgezogen?, fragt eine
schwester.

gar nicht!

meines wissens nach ziehen sich schuhe aber nicht von
selbst aus, sagt sie.

ohne schuhe fahre ich nicht!

ich glaube, die schwester ist kurz davor, Mary anzu-
schreien.

wir schauen nochmal in ihrem zimmer, okay?

Willie wirkt versteinert, ihre blumen hält sie fest im arm.

Bigmama macht sich wieder einmal sorgen um Rocky.

Rocky weiß dann ja gar nicht, wo ich bin, sagt sie.

das weiß der Rocky doch eh nicht, sagt Luzie.

Bigmama seufzt. Luzie legt ihr einen arm auf die schulter. ein patient zieht sein t-shirt aus und schwenkt es in
der luft.

findest du, ich bin zu dick?, fragt er mich.

würden sie bitte ihr t-shirt wieder anziehen, wir müssen
jetzt wirklich losfahren, ruft es von hinten.

die koffer, taschen und rucksäcke werden auf die krankentransporter verteilt.

ich nehme am fenster platz und schnalle mich an. Willie
rückt neben mich, beide halten wir unsere blumen.

das wird krass, sage ich.

das ist jetzt schon krass, sagt sie.

Mary ist immer noch barfuß.

im krankentransporter ist es wahnsinnig heiß und das
radio sagt, dass dieses jahr der hitzerekord gebrochen
wurde. wir fahren quer durch die stadt. ich schaue aus
dem offenen fenster.

vielleicht kommen wir ja in ein zimmer, sagt Willie.

das wäre toll.

das neue klinikgebäude ist auch weiß, aber der putz
bröckelt nicht und die fenster glänzen. ein perfekt
sanierter altbau.

die neue station ist im dritten stock.

gott sei dank, ein fahrstuhl!, sagt Luzie.

der gang auf der station ist u-förmig. an den außenseiten
sind die zimmer für uns. in der mitte sind zwei räume
für die morgenrunde und die gruppentherapie sowie ein
aufenthaltsraum. er ist verglast und sieht eher stylish
als gemütlich aus.

die anderen therapien finden im untergeschoss statt,
aber das zeigen wir ihnen morgen, sagt Carmen.

der raucherbalkon ist ebenfalls verglast, wie ein gewächshaus. Bigmama und Luzie gehen als erstes eine
rauchen. ein pfleger rennt mit einem klemmbrett durch
die gegend und teilt uns auf die zimmer auf. es gibt nur
zweibettzimmer. Luzie wird meine neue zimmernachbarin.

auf dem balkon ist es wie in einer sauna, schimpft Luzie.

im zimmer riecht es nach frischer farbe und nach neu-
em plastikboden. die wände sehen kalt aus. die fenster
sind zugesperrt. vor den fenstern hängen automatische
rollos, die sich nicht öffnen lassen. wir müssen das licht
anmachen.

bah, dieser geruch, sagt Luzie.

ich lasse die zimmertür auf, damit die luft sich ein bisschen bewegt. ich sortiere meine sachen in den schrank

und hänge zwei zeichnungen auf, um diesem sterilen weiß etwas entgegenzusetzen. dann lege ich mich in mein neues bett. das bett ist in der klinik der einzige ort, den ich nicht teilen muss. ich schiebe dinge auf meinem handy hin und her. ich warte, bis es endlich abendessen gibt. der klinikalltag ist ein kreis, an dem ich jeden tag entlanggehe, denke ich. die strengen regeln verhindern, dass ich vom weg abkomme.

Willie und ich sitzen auf dem quietschgrünen sofa im aufenthaltsraum. er kommt mir vor wie eine insel, von der aus ich alles beobachten kann. das sofa ist ziemlich unbequem. wir schauen unter der woche jeden abend *das perfekte dinner*. die sendung ist unser feierabendbier. am wochenende wird die sendung nicht ausgestrahlt, also müssen wir eine alternative suchen. die wochenenden sind die hölle. es finden keine therapien statt, langeweile legt sich über die station und gedanken beginnen schnell zu rotieren. die leere löst störgeräusche im körper vieler patient*innen aus und sie brechen zusammen.
Willie nimmt die fernbedienung, bei nachrichtensendungen zappt sie sofort weiter. keine von uns will den klinik-kosmos verlassen.
wir brauchen trash-tv, sagt Willie.
und sekt, sage ich.

und chips.

wir hätten uns nagellack von Luzie leihen sollen, sage ich.

wir entscheiden uns für den *bachelor*. der bachelor und die anwärterinnen sind die meiste zeit halb nackt und haben diese idealtypischen körper. ich habe schon lange keine nackten oder halb nackten menschen mehr gesehen.

oh gott, schau dir das an, sagt Willie und hält sich die hände vor den mund.

dieses flirten, sage ich.

wah, es ist zum schütteln.

bei einem dieser gestellten dates lachen wir tränen.

meinst du, es ist überhaupt okay zu lachen?, frage ich.

an diesem ort, ja!

Luzies freund bringt ihr ein gerahmtes foto mit. er hämmert nägel in die wand und befestigt es. auf dem foto sind Luzie und ihr freund zu sehen, wie sie sich innig küssen. er hat einen anzug an und sie ein rosa kleid. ihre haare sind zu einer hochsteckfrisur geflochten. meine zwei zeichnungen an der wand sehen dagegen winzig klein aus.

in meinem kopf sind Johnny und ich manchmal immer noch dünnes glas, das ich gerne in luftpolsterfolie einwickeln würde.

ich sehe Johnny eine andere frau küssen. ich habe vor seinen augen andere männer mit nach hause genommen.

vielleicht waren messer unsere worte und küsse fäden, mit denen wir gegenseitig unsere wunden nähten. wir waren ärztin und baby doc zugleich. ich schreibe Johnny: *hier ist die luft aus plastik, mag dich atmen.*

mein plan sagt physiotherapie. ich treffe Willie auf dem gang.

diese dämlichen visiten!, sprudelt es aus mir heraus, erst das ewige warten im zimmer, weil genervte kommentare kommen, wenn sie einen suchen müssen. und dann will ich erklären, warum es mir nicht gut geht, da sind die schon wieder weg! außerdem ist es heiß und ich schwitze.

Willie gibt mir einen kuss auf die wange.

du hast eh recht. wir reden später, ja? sonst kommen wir zu spät zur physiotherapie.

ständig müssen wir irgendwelche körperteile kreisen, sage ich.

Willie zieht mich am arm mit sich. wir steigen in den fahrstuhl und fahren ins untergeschoss.

es ist so, wie ich mir rentner*innen in einem rehazentrum am meer vorstelle, sage ich.

Willie lacht.

glaubst du wirklich, du könntest dich gerade richtig auspowern, bei den ganzen medikamenten?

nein, natürlich nicht! aber bevor ich große kreise mache, bleibe ich lieber im bett. außerdem sagt mein handy, dass es fünfunddreißig grad hat!

meines sagt nur zweiunddreißig.

dann ist es kaputt, wahrscheinlich überhitzung!, sage ich.

ich bekomme den nächsten kuss auf die wange.

die physiotherapeutin hat heute eine leggings mit leoprint an. alle stellen sich ohne ihre anweisung im kreis auf. wir schütteln unsere arme und beine aus. bei Mary habe ich sorgen, dass sie sich den arm auskugelt. nachdem wir uns genug geschüttelt haben, kommen die kreise und die gleichgewichtsübungen. Bigmama hat probleme, auf einem bein zu stehen.

wir werden uns heute ein bisschen dehnen, sagt die physiotherapeutin.

sie zeigt uns übungen am boden. bei einer schulteröffnung knackt mein rücken und mein atem fließt plötzlich mehr.

ich habe das gefühl, ich gehe aufrechter, sagt Willie auf dem weg zurück zur station.

ja, ja, schon gut, sage ich grinsend.

ich schaue mir die dusche genau an und probiere aus, wie sich das wasser an- und ausstellen lässt. es funktioniert wie bei meinen eltern zu hause. ich will es ohne Carmens hilfe schaffen. ich ziehe meine klamotten aus und lege ein handtuch vor die dusche. ich drücke mein handy auf volle lautstärke, damit es das wasser übertönt. ich nehme den duschkopf in die hand und halte ihn auf meine füße. ich drehe das wasser auf. ich stelle die temperatur richtig ein. ich versuche mich auf das hörbuch zu konzentrieren. ich hänge den duschkopf in die halterung und stelle mich unter das wasser. die wärme lässt meine muskeln entspannen. ich nehme shampoo und massiere es in meine haare. spüle es aus und nehme nochmal shampoo, um das fett aus meinen haaren zu bekommen. ich lasse lange wärme über mich laufen. ich wickle mich in das handtuch und creme meinen ganzen körper ein. meine brüste passen nicht mehr in meine hände. ich habe noch mehr zugenommen. ich nehme mein handy und mache ein foto. ich verbiete mir den bauch einzuziehen. ich schaue das foto lange an, dann schicke ich es Johnny.

missing your lips.

ich würde gerne deinen ganzen körper anfassen, überall gleichzeitig, schreibt Johnny.

bald!

Willie und ich sind mal wieder im aufenthaltsraum
und malen. wir versuchen diesen leeren zwei tagen zu
entfliehen. meistens male ich aktbilder. ich suche mir
bilder im internet heraus und zeichne körper, die mich
faszinieren. ich übe mich im genauen schauen.

das sieht schön aus, sagt Willie.

wollen wir uns ein eis holen?, frage ich.

auf dem großen klinikgelände gibt es genau ein café,
in dem man eis, kaffee mit koffein und torten kaufen
kann. ich hole mein portemonnaie und meinen tabak.

die auslage mit den torten ist voller wespen. es sind so
viele, dass ich nur noch allergischer schock denken kann.

waffel oder becher?, fragt die verkäuferin mich.

egal, sage ich panisch.

sie schaut mich fragend an.

becher, sage ich schnell.

die zeit, bis ich meinen eisbecher in der hand habe,
kommt mir ewig vor.

streusel?, fragt die verkäuferin.

sie stellt den eisbecher auf dem tresen ab, ich schnappe
ihn und verlasse das café. draußen warte ich, bis Willie
mit ihrem eis aus dem café kommt.

wir lassen uns auf einer bank nieder. ich versuche
mein eis langsam zu essen, aber zucker ist ein lock-
mittel, und dieses wissen lässt mich dann doch schnell
löffeln. danach rauchen wir eine zigarette und trinken ein cappy.

beim morgenspaziergang möchte Luzie ein gruppen-
foto mit allen machen. ich kann mich nicht zurück-
halten und lache laut. die vorstellung, ein bild auf
instagram zu entdecken, auf dem zwanzig menschen
in mintgrüner kleidung vor einer kirche stehen mit
#psychiatrie, finde ich so absurd komisch, dass ich gar
nicht mehr aufhören kann zu lachen. Willie macht mit.
was denn?, sagt Luzie.
du hast echt nen knall, sagt Mary.
Luzie verschränkt die arme und muss dann aber auch
grinsen.

ein täglicher kreis.
wie immer die zwei fragen, wie haben sie geschlafen
und wie geht es ihnen jetzt gerade, sagt mein therapeut
zur gruppe.
alle schweigen und er lässt uns schweigen. im raum
steht die luft. diesmal bin ich nicht die einzige, die
schweißperlen auf der stirn hat. der typ neben mir
stinkt. irgendwann fängt eine patientin an zu sprechen.
mein therapeut nickt verständnisvoll.
legen sie die hände auf die brust, sagt er und atmet mit
der patientin ein und aus.
als nächstes spricht der typ neben mir.

meine tochter ist eine schlampe!, schreit er, die lässt sich sicher in.

aus seinen augen schießen blitze.

ich will zurückschreien. ich lege die hand auf meine brust und atme.

die schreie werden leiser.

diese wortwahl gehört nicht hierher und ist für andere patient*innen sehr belastend, höre ich dumpf meinen therapeuten sagen.

stille.

mein therapeut schaut mich an.

möchten sie erzählen, wie sie geschlafen haben und wie es ihnen jetzt gerade geht?

okay geschlafen, sage ich, und nach eben gerade ziemlich scheiße.

danke.

ich rolle mich über den klinikboden. ich lege die hände auf meinen bauch. ich fühle meinen puls und habe keine ahnung, ob das ein normales zucken ist. der boden ist kalt. meine gedanken sind so schnell wie ein icezug. das tuten ist sehr laut. wenn es ein langer ton wird, bin ich tot.

so ein mist! ich habe schon wieder aus versehen fleischlaibchen angekreuzt, obwohl ich die nicht mag, sage
ich stöhnend.

ich nehme sie, sagt Mary.

ich schiebe die fleischlaibchen auf ihren teller.

eine neue patientin kommt an den tisch.

darf ich?, fragt sie.

na klar, flötet Luzie.

heute ist mein fresstag, sagt die neue.

ich denke, übersetzung: heute werde ich beim kotzen
endlich mal wieder das gefühl haben, es lohnt sich so
richtig.

ich verschränke die arme. Willie tippt mich an und
schaut fragend.

passt schon, sage ich.

nach dem essen fragt mich die neue, ob es mir auch so
gut geschmeckt hat.

war okay, sage ich und nehme eine kleine gabel und
meinen kuchen.

nach dem mittagessen ist die schlange vor dem stützpunkt lang. auf der station nehmen fast alle patient*innen medikamente. nacheinander betreten
wir einzeln den raum. auf einem tablett stehen viele
gläser mit wasser. die tabletten bekommen wir in einem
kleinen plastikbecher, der aussieht wie ein shotglas.
ich sehe mich einen club betreten. ich rieche den
schweiß, den rauch-weed-geruch und höre die wand

aus musik. das gefühl macht mir gänsehaut und durch-
zieht meinen körper. meine brustwarzen werden hart,
ich zucke – ich will tanzen, schwitzen und knutschen.
ich nehme das plastikshotglas und lasse die tabletten
in meinen mund fallen. dann schlucke ich wasser. ich
öffne den mund wieder. ein nicken.

Carmen überredet Willie und mich das klinikgelände zu
verlassen. ein ausflug, straßenbahn fahren, menschen.
ich gehe in mein zimmer und ziehe mir die mintgrüne
jogginghose aus. ich binde mir ein tuch in die haare, um
mich vor der sonne zu schützen. ich sollte geld mitnehmen und meinen tabak, denke ich. ich packe ein cappy
in meine tasche.
wir gehen langsam über das klinikgelände. die hitze
lähmt mich, trotzdem sind meine füße kalt.
wenn wir wieder zurück sind, besorgen wir uns ein eis
hier im café, ja?, fragt Willie.
ich nicke. ich muss mich auf meinen atem konzentrieren. es fühlt sich an, als wäre ein langer spielfilm zu ende
gegangen und ich fände mich mit normaler kleidung am
körper in der realität wieder.
vor der klinik hält direkt die straßenbahn. wir setzen
uns auf die gitterbank und warten. als die straßenbahn
einfährt, wird mir schlecht. nach zwei stationen ziehe ich vorsichtig meine nackten beine vom kunststoff

ab und wir steigen aus. wir stehen verloren auf einem marktplatz.

lass uns zu dm gehen, sage ich.

irgendwo müssen wir ja anfangen, denke ich. wir betreten den laden. das verkaufslicht blendet mich. ich schaue die verschiedenen menschen mit ihren einkaufstaschen und bunten klamotten lange an.

nagellack!, ruft Willie plötzlich, wir brauchen nagellack für heute abend.

wir stehen ewigkeiten vor dem regal und suchen uns jede zwei farben aus.

ich möchte noch blumen, sage ich.

im blumenladen atme ich lilien. Willie nimmt zwei große rosen. als ich den fuß wieder auf das klinikgelände setze, beruhige ich mich. wir bestellen zwei eisbecher und nehmen draußen an einem der tische platz.

wie gut es tut, wieder hier zu sein, sagt Willie.

ich fand die ganze bunte kleidung komisch. wusste gar nicht mehr, dass es andere als mintgrüne gibt!

zurück auf der station melden wir uns bei Carmen.

und wie wars?, fragt sie.

wir haben blumen und nagellack, sagen wir im duett.

mein therapeut und ich befinden uns im konferenzraum und haben das licht angemacht. es gibt zwar fenster, aber die automatischen rollos lassen sich auch hier nicht öffnen.

ich habe noch mehr zugenommen, sage ich.

besteht die gefahr, dass sie rückfällig werden?

nein, wirklich nicht. das habe ich mir damals selbst versprochen.

er schaut mich an.

wahrscheinlich möchte ich halt doch ein schillernder vogel sein.

wie kommen sie auf einen vogel?

weil viele das gefieder so flashig finden. ich finde vögel irgendwie gruselig. also eigentlich alle tiere, die fliegen können, sage ich.

sie haben ein bild von sich im kopf, das sie eigentlich gruselig finden?, fragt mein therapeut.

um gottes willen, kommen sie mir nicht mit selbstliebe, sage ich, das ist ein wort, das auf kaffeetassen steht. liebe dich selbst und dann kommt die erleuchtung.

was wäre denn die alternative?, fragt er.

ich sein, aber da müsste ich ständig rennen.

ich habe einen vorschlag, wie wir den vogel eine weile von der bühne schieben, sagt er.

das klingt nach einer hausaufgabe!

es ist eine übung, die nicht benotet wird.

aber ich will nicht wieder mit meinem inneren kind
kommunizieren, betone ich.

ich muss kein vogel sein, diesen satz sagen sie täglich
fünfmal laut, sagt er.

solange ich nicht anfangen muss mit dem vogel in dialog
zu treten, sage ich theatralisch.

mit meinem lachen erlaube ich meinem therapeuten
auch zu lachen. am ende müssen wir uns beide ein paar
tränen aus dem gesicht wischen. seine tränen glitzern.

es ist schön zu sehen, dass es ihnen schon ein bisschen
besser geht, sagt er.

besser?

sie sind wütend, das ist ein wichtiger schritt.

die visite betritt mein zimmer.

wie geht es ihnen heute?, fragt mein lieblingsarzt.

ganz okay, sage ich.

wir haben länger gesprochen und sind zu dem schluss
gekommen, dass wir sie nächste woche entlassen können, sagt er strahlend.

nächste woche?, meine stimme bricht.

wir haben uns überlegt, sie gehen gleich im anschluss
in die tagesklinik hier im haus, sagt er.

ich beginne zu weinen. mein lieblingsarzt nimmt sich
einen stuhl und setzt sich zu mir ans bett.

was ist eine tagesklinik?, frage ich und schniefe.

sie machen dort eine ambulante langzeittherapie, das läuft ähnlich ab wie hier auf der station, nur dass sie ein wenig eigenständigkeit und alltag zurückbekommen, sagt Carmen.

ich kann aber nicht alleine zu hause sein, protestiere ich und schaue meinen lieblingsarzt an. Carmen setzt sich zu meinen füßen.

ich versuche ihre ruhe und die von meinem lieblingsarzt in meinen körper zu lassen, doch alles ist zusammengezogen.

ich bin noch nicht gesund. entlassen wird man doch, wenn man gesund ist, sage ich fast flehend.

das ist in hollywood-filmen so, sagt mein lieblingsarzt beruhigend, in der realität ist ein stationärer aufenthalt dazu da, um eine grundstabilität aufzubauen, damit im anschluss eine basis für den weiteren therapieprozess vorhanden ist. und ein wichtiger schritt innerhalb dieses prozesses ist, dass sie sich mit der außenwelt konfrontieren.

ich würde mich am liebsten auf den boden werfen und heulen wie ein kleines kind.

ein leben in der klinik ist wenig attraktiv und sehr langweilig, sagt mein lieblingsarzt und lächelt mich an.

ich glaube, sie können viel mehr, als sie sich vorstellen können, und sie haben das recht auf ein gutes leben, sagt Carmen.

aber was soll ich machen ohne sie beide?

ich leite die tagesklinik, sagt mein lieblingsarzt, wir werden uns sogar öfter sehen als momentan. wir lassen sie nicht einfach alleine.

ich klopfe an Willies zimmertür. sie hat rote augen und ein taschentuch in der einen hand.
was ist los?, frage ich.
entlassung, sagt sie.
ich soll in die tagesklinik, sage ich.
ich auch, sagt sie.
rauchen?, frage ich.
wir stellen uns auf den raucherbalkon und drehen jede eine zigarette.
abends alleine zu sein, das wird die hölle, sagt Willie.
du kannst immer zu mir kommen, sage ich.
du auch zu mir!
wir schauen uns an.
Willie strahlt und nickt. wir umarmen uns lange.
ist wirklich wie im gewächshaus hier, sagt Willie.
der schweiß, der meinen rücken hinunterrinnt, fühlt sich an, als stünde ich unter der dusche, sage ich.
welche architekt*innen konzipieren so einen scheiß?

im ergotherapieraum geselle ich mich zu Bigmama
und Mary an den tisch.

ich werde in drei tagen entlassen, sage ich.

wie gut! und wie schade, sagt Mary.

aber wer schaut sich dann zum hundertsten mal mit mir
fotos von Rocky an?, sagt Bigmama grinsend.

das lachen in letzter zeit steht dir gut, sagt Mary zu Bigmama.

ich gehe in die tagesklinik hier im haus, sage ich.

dann treffen wir uns auf kaffee und zigaretten, sagt Bigmama, und ich zeige dir die neuen bilder von Rocky.

deal, sage ich.

du wirst mir fehlen, sagt Mary.

ihr mir auch, sehr!

weiß Luzie es schon, fragt Bigmama.

sie war nicht begeistert, aber sie meinte, zum abschied
lackiere sie mir die fingernägel.

Carmen kommt in mein zimmer. sie setzt sich wieder zu meinen füßen.

morgen ist der große tag, sagt sie lächelnd.

ich bin scheiß nervös, sage ich.

das ist völlig normal.

ich kann mir nicht vorstellen, wie sich zuhausesein anfühlt!

genau deswegen ist es wichtig, dass sie nach hause gehen. sonst besteht die gefahr der hospitalisierung, sagt sie.

was ist das?

hospitalisierung bedeutet, dass patient*innen sich so sehr an den klinikalltag gewöhnen, dass es sehr schwer für sie ist, wieder ins leben zu finden. wiederholungen helfen beim annehmen. zu viel routine verhindert veränderungen und ein vorwärtsgehen.

ist das bei mir schon so?

wissen sie, das ist immer eine gratwanderung. die patient*innen brauchen zeit zum ankommen, sonst bringen die therapien nichts. der therapieprozess, die stabilisierung brauchen auch zeit und gleichzeitig ist es wichtig, rechtzeitig den absprung zu schaffen, erklärt Carmen.

ins kalte wasser zu springen, ist nicht gerade meine stärke, sage ich.

sie sind schon gesprungen, als sie zu uns gekommen sind. die tagesklinik wird sie auffangen, versprochen! und es gibt menschen, die diese tolle junge frau, die

hier neben mir sitzt, sehr gernhaben. daran können sie
sich festhalten.

ich nicke.

und nicht vergessen, die entlassung ist keine einbahn-
straße. auch wenn ich mir wünsche, dass ihnen ein um-
weg erspart bleibt, sagt sie und drückt meine hand. ich
bin die ganze nacht da.

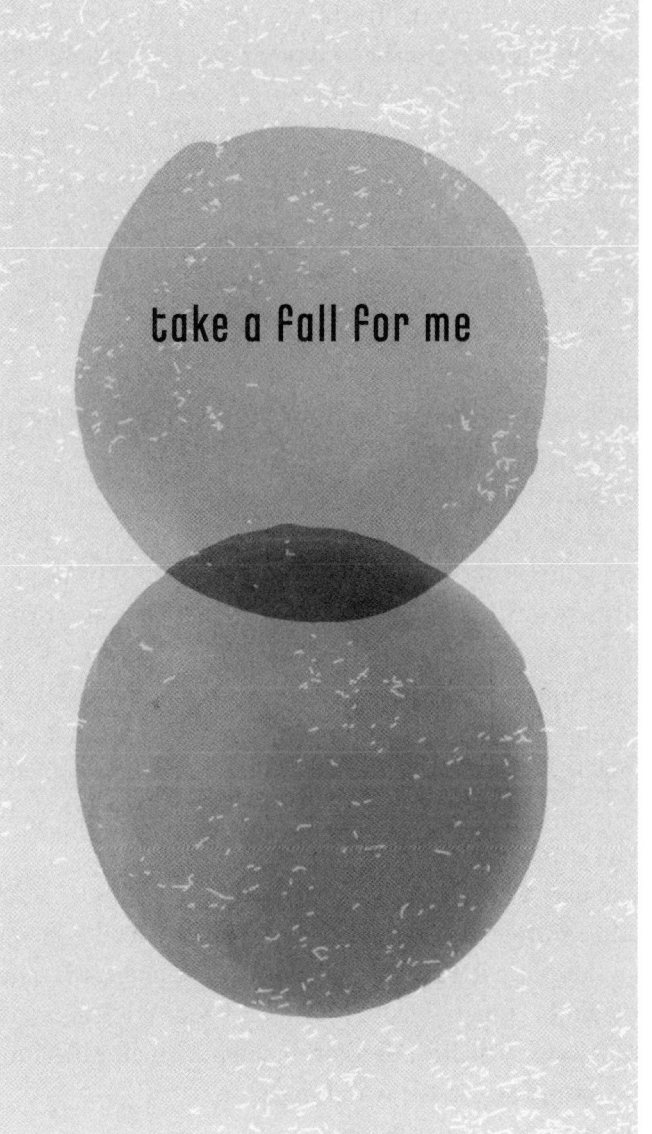

take a fall for me

ich werde an einem freitagmorgen entlassen. meine sachen habe ich am abend davor gepackt. ich habe alles ordentlich gefaltet und meine bilder mit hilfe der ergotherapeutin sicher zusammengerollt. Luzie hat mir wirklich die fingernägel lackiert. ich habe mir roten glitzer ausgesucht. Luzie und ich nehmen uns in den arm.

ich hatte noch nie so professionell lackierte fingernägel, sage ich.

sehr gerne, flötet Luzie.

nach dem mittagessen treffen wir uns immer zum rauchen, ja?

versprochen! ich werde Mary daran erinnern, die vergisst das sonst, singt sie.

am stützpunkt schüttle ich viele hände und bekomme drei briefumschläge. einen mit meinem arztbrief. einen mit rezepten und medikamenten für die nächsten tage und einen pflegebrief. ich stecke die briefe in meine tasche und fahre mit dem fahrstuhl ins erdgeschoss. am ausgang des klinikgeländes rufe ich mir ein taxi. ich schaue aus dem fenster. ich gebe viel trinkgeld.

ich schließe die wohnungstür auf und gehe einmal durch alle zimmer. sie sind staubig. es fühlt sich alles fremd an, als hätte ich die räume nicht eingerichtet. ich muss die möbel umstellen, denke ich. ich lege mich aufs sofa und weine. ich öffne den koffer, umarme meine kleidung und stopfe sie in die waschmaschine.

ich wasche mir das gesicht.

ich öffne die briefumschläge. der arztbrief ist sehr lang. ich lese gierig. die sprache ist kurz und abgehackt. viele wörter sind abgekürzt und einige medizinische begriffe verstehe ich nicht. es wird beschrieben, wie es mir bei der aufnahme ging und wie es mir jetzt geht. es ist wirklich passiert. dann sehe ich meine diagnosen. ich halte die luft an.

es sind vier diagnosen. es sind vier wunden.

ich bin wirklich krank, denke ich.

ich weine wieder. meine seele hat auch verbrannte flecken.

ich gehe in die küche und rauche eine zigarette. ich nehme eine notfalltablette. ich habe das bedürfnis, meine eltern anzurufen, aber Carmen ist nicht mehr da. mein magen knurrt. eigentlich gäbe es jetzt mittagessen. die vorstellung, für mich zu kochen, überfordert mich. ich könnte in ein restaurant gehen. ich weine und weine. ich schaue aus dem fenster, das mache ich sehr lange. mein kreislauf wird immer instabiler und ich zittere ein wenig. ich lege mich ins bett und wache erst auf, als es draußen dunkel ist.

aus den wunden werden narben, sage ich laut.

ich sage das oft hintereinander, bis ich wieder einschlafe.

ich mache mir kaffee und rauche eine zigarette. den hunger habe ich weggeschlafen. ich nehme mein handy und schicke Johnny ein foto mit blick aus dem fenster.

welcome home, Peach!

es klingelt. ich nehme den haustürschlüssel, gehe die schmale wendeltreppe nach unten und schließe das blaue tor auf. Willie steht mit einem koffer und einer großen handtasche vor mir. ich nehme ihr die handtasche ab.

schau, hier ist der garten, sage ich.

und die hühner, sagt sie strahlend.

wir schleppen uns die wendeltreppe nach oben.

wie war deine nacht?, fragt sie.

scheiße, sage ich.

meine auch!

möchtest du einen kaffee?, frage ich.

ich schraube das espresso-kännchen auf und verbrenne mir einen finger.

milch?

Willie zieht in das zimmer mit dem gästebett. wir packen zusammen ihren koffer aus und verteilen ihre gegenstände in der wohnung.

schau mal, damit können wir eis selber machen, sagt sie.

sie zeigt mir kleine behälter, in die man saft füllen kann.

wir gehen einkaufen und besorgen verschiedene säfte, alkoholfreies bier und alles, worauf wir sonst noch lust

haben. wir gehen in ein blumengeschäft und suchen uns
einzelne blumen aus.

soll ich sie kürzer schneiden?, fragt die verkäuferin.

ich kürze die blumen und verteile sie in der wohnung.

Willie kocht uns nudeln. wir stellen die nudelschüsseln
auf unsere bäuche und schauen eine serie. wir trinken
das alkoholfreie bier und rauchen eine zigarette nach
der anderen.

mein handy klingelt. meine eine. cool bleiben, denke
ich, bloß nicht dagegenreden.

gehst du dann anschließend auch in die tagesklinik?,
frage ich.

nee, das konnte ich zum glück verhindern! geht es dir
immer noch so schlecht?

pause.

weißt du, ich will wieder ein normales leben führen,
ohne klinik und gruppentherapie und bla, redet sie
weiter.

ich halte mich am telefon fest. meine finger werden
weiß.

bist du noch dran? sag mal, freust du dich gar nicht?

pause.

ich bin stabil. ich finds echt scheiße, dass du mir nicht
zutraust, das selbst zu entscheiden!, sagt sie.

mir kommen die tränen.

dem rest der familie geht es eigentlich ganz gut!, schreit meine eine.

ich bin sicher nicht die einzige, die sich sorgen um dich macht!, schreie ich zurück.

weißt du, wie ätzend das gefühl war, als du dann auch in die klinik musstest? ich war dann plötzlich an allem schuld!

spiel ruhig die opferkarte!

du hast gerade leidend gesagt, du musst noch so bilder von blutflecken aufarbeiten, die opferrolle nimmst du ein.

blut tropft auf den parkettboden. die tage rennen im kreis. Johnny steht neben mir. mein vater hält sich an mir fest.

ein stein, in den ein name eingraviert ist. ich sage, ich dachte, ich würde brechen, aber ich kann stehen.

meine familie und ich sind am flughafen. wir werden
über lautsprecher auf spanisch, dann auf englisch aufge-
rufen, sofort zum gate zu kommen. mein vater rennt mit
einem kofferwagen in den händen los. meine eine ist auf
dem arm meiner mutter. meine andere steht neben mir.
wir müssen jetzt rennen!, schreit meine mutter.
sie schnappt sich den zweiten kofferwagen und schiebt
los. der kofferwagen fährt schlangenlinien. ich sehe
den rücken meines vaters und renne dem rücken hinterher. mein vater biegt ab. ich renne weiter. ich biege
ab. ich sehe den rücken nicht mehr, drehe mich um,
ich sehe meine mutter nicht mehr. um mich herum
sind sehr viele menschen. die lichter der geschäfte sind
grell.
als ich aufwache, bin ich schweißnass.

　　　　🌙　🌑　🌒

Willie und ich tauschen kleidung. ich mag ihre. ich kann
meinen bauch und meine brüste in ihr verstecken.
es ist ein bisschen wie verkleiden, sage ich.
ich nehme roten lippenstift, Willie nimmt rosa. wir
machen abdrücke auf unsere kaffeetassen und zigaretten. wir gehen zum bus und haben kopfhörer in den
ohren. es fühlt sich komisch an, nicht mit dem fahrstuhl in den dritten stock zu fahren. wir gehen durch
eine sich selbst öffnende glastür. in der tagesklinik trägt
niemand krankenhauskleidung, auch die ärzt*innen

und pfleger*innen nicht. jede von uns wird in einen eigenen raum gebeten. in meinem sind die fenster offen und überall pflanzen verteilt. ein schreibtisch steht in der mitte. eine schwester kommt herein. sie hat grünen eyeliner auf den augen und lange wimpern. ich kann mir nicht vorstellen, dass sie mich in den arm nimmt.

bitte, sagt sie auf einen stuhl zeigend, sie können jederzeit zu mir kommen und wir werden einmal in der woche evaluieren, ob sie ihr wochenziel geschafft haben.

wochenziel?

ich muss einen fragebogen ausfüllen. ich unterschreibe zettel, danach werde ich auf eine waage gestellt. der raum löst sich auf, während ich an mir herunterschaue. mein bauch ist gewachsen. der hass auf meine großen brüste lähmt mich. ich darf nichts mehr essen, weil ich nicht mehr kotzen kann.

ist alles in ordnung mit ihnen?, fragt die schwester.

sie nimmt meinen fragebogen und überfliegt ihn schnell. übergeben sie sich noch?

nach dem mittagessen schlucke ich meine zwölf-uhr-tabletten.

in der tagesklinik sind wir selbst dafür verantwortlich, unsere medikamente zur richtigen zeit einzunehmen. wir bekommen alle eine liste mit wochentagen und essensoptionen für die kommende woche. ich mache kreuze bei den gerichten, die mir am kalorienärmsten vorkommen. unsere gruppe besteht nur aus frauen, die sehr sympathisch wirken.

mein lieblingsarzt holt mich im speisesaal ab. in seinem büro stapeln sich zettel und notizen zu bergen. er nimmt krankenakten von einem stuhl. es ist offensichtlich, dass er dieses büro nicht mit anderen ärzt*innen teilen muss.
in zwei wochen machen wir einen kletterausflug mit der tagesklinik, sagt er vergnügt.
so richtig am felsen?, frage ich und strahle.
wie waren ihre ersten nächte zu hause?
schlimm!
ich schreibe ihnen mehr vom notfallmedikament auf!
er zieht einen rezeptbogen aus dem chaos.
wir müssen noch überlegen, was wir die nächsten wochen gemeinsam angehen wollen.
ich weiß es nicht! mich überfordert das, sage ich.
wir tun so, als hätte ich etwas aufgeschrieben, aber in echt überlegen wir das nächste woche gemeinsam, wenn sie hier mehr angekommen sind.
mein lieblingsarzt durchwühlt wieder sein chaos.
hier ist er ja, das ist ihr neuer therapieplan. nicht wundern, einiges ist anders als auf der station.
ich überfliege den plan und lese yoga, wöchentlicher ausflug, spielerunde, psychoedukation.
was ist psychoedukation?

da lernen sie sogenannte skills, die sie im täglichen leben zur unterstützung anwenden können, sagt mein
lieblingsarzt.
und die ausflüge?
die machen spaß, versprochen.

ihr habt euch gestritten, ich weiß, und du machst dir
sorgen!, sagt meine andere am telefon.
du dir nicht?, frage ich.
ich habe beschlossen ihr zu vertrauen.
sie wäre fast gestorben, sage ich laut.
sie ist erwachsen, sie entscheidet, nicht wir, sagt meine
andere.
natürlich musst du auf sie aufpassen!
nein verdammt, muss ich nicht. und du auch nicht. und
mama und papa auch nicht, sagt meine andere.
aber, setze ich an.
kein aber, sondern punkt, sagt meine andere energisch.

ich sitze in der küche meines therapeuten. ich schaue in seine blauen augen.

meine mutter hat einmal im monat die hecke schneiden lassen, dabei hätte ich viel lieber einen verwunschenen garten gehabt, sagt er.

ich drehe mir eine zigarette und zünde sie an, ohne zu fragen.

mein vater hat immer brot gebrochen, sagt er.

ich hätte gerne ein glas wein, sage ich.

mein therapeut geht zum kühlschrank und schenkt mir ein glas weißwein ein. ich nehme einen großen schluck.

einmal waren wir in der wüste und mein vater hat einen langen tisch aufgestellt. dann hat er drei brote gekauft und sie gerecht an die menschen verteilt, die am tisch platz genommen haben.

wäre wasser nicht besser gewesen?, frage ich.

Willie streichelt meinen kopf.

es gibt was zu essen, wenn du möchtest, sagt sie.

ich wälze mich aus meinem bett.

ich habe aufstrich selber gemacht, brot backen kann ich leider nicht.

ich bewundere sie kurz, dann erzähle ich, dass ich von meinem therapeuten geträumt habe.

Willie grinst.

ich saß bei ihm in der küche. er hat mir von seinen eltern erzählt und ich habe weißwein getrunken.

Willie beginnt laut zu lachen.
ich glaube, ich bin verknallt, sage ich.
das glaube ich allerdings auch.

in der gruppentherapie hänge ich an den lippen meines therapeuten. immer wenn sich die möglichkeit ergibt, schaue ich in seine blauen augen.
meine mutter hat schweigend daneben gestanden, er hat auch meine mutter geschlagen. deswegen habe ich nie geheiratet.
mein vater war starker alkoholiker. er hat sich abends zu uns ins bett gelegt.
meine mutter hatte eine essstörung. es gab nie genug zu essen, wir hatten ständig hunger.
als mein vater tot war, habe ich keine blumen auf sein grab gelegt.
ich wurde nie geschlagen oder missbraucht.
es gibt ja nicht nur körperlichen missbrauch.
meine mutter hat versucht sich das leben zu nehmen, als ich noch sehr klein war. ich habe mit ihr im krankenhaus gewohnt.
ich bin bei meiner oma aufgewachsen.

vor jahren:

ich sehe meinen vater mit seinem abendlichen weinglas in der hand die treppe hinunterfallen. die scherben stecken in seinem körper und er blutet. die treppen sind aus holz und sehr glatt. ich springe aus dem bett und laufe zur treppe. dann gehe ich in das zimmer meiner eltern und lege mich zu ihnen ins bett. mein vater schnarcht immer. so weiß ich, er lebt noch.

du wirst an einer fettleber sterben! eine lehrerin hat uns bilder gezeigt, sage ich wütend.

jesus hat wasser zu wein gemacht, sagt mein vater, du musst dir keine sorgen machen.

aber dann wollte jesus ja alle leute umbringen, sage ich und verschränke die arme.

mein vater lacht.

das wollte er natürlich nicht.

wie viel wein trinkst du?, bohre ich nach.

nicht viel, sagt mein vater ruhig.

meine eine ist entlassen worden, sage ich.

mein therapeut geht zum schrank und holt einen holz-koffer heraus. er legt ihn auf den tisch und öffnet ihn. darin befinden sich zwei bretter, die man zusammen-stecken kann, und kleine, bunte holzfiguren.

haben sie schon einmal mit einem systembrett gearbei-tet?, fragt er.

ich schüttle mit dem kopf.

er nimmt die bretter und legt sie ebenfalls auf den tisch.

ich schaue in seine augen und zucke mit den schultern.

was sagt ihr gefühl?

zusammenstecken, sage ich.

jetzt können sie sich eine figur nehmen, die sie selbst repräsentiert, sagt er.

ich nehme ein blaue holzfigur in die hand. ich schaue wieder in seine augen. mein therapeut nickt. ich stelle die figur auf das brett. ich suche weitere figuren in ver-schiedenen farben aus, die für die mitglieder meiner familie stehen, und positioniere sie.

wenn sie sich dieses bild anschauen, wie geht es ihnen dann?

es ist alles viel zu eng, sage ich.

wir verschieben die figuren und ich versuche meine ge-fühle zu beschreiben. ich spüre immer mehr wut.

auf dem letzten bild stehe ich alleine auf dem system-brett und meine eltern und schwestern liegen auf dem boden verstreut.

nach dem mittagessen reden die frauen kreuz und quer.

oh nein, gleich ist yoga!

sie sind gaaanz ent-spaaant!

die frauen lachen.

der yogalehrer hat es voll auf mich abgesehen. immer kommt er zu mir und verbessert mich.

und dieses singen am anfang!

oh gott! warum tut man uns das an.

wir gehen ins untergeschoss, in einen großen raum mit vielen fenstern. es läuft meditationsmusik. der yoga-lehrer sitzt im schneidersitz auf seiner matte, hat die augen geschlossen und atmet laut.

auf der matte angekommen, wird bei einigen frauen der rücken ganz rund und die knie berühren fast die ohren.

der yogalehrer öffnet die augen und sagt irgendetwas auf sanskrit. seine ruhige stimme klingt aufgesetzt.

haben sie schon einmal yoga praktiziert, fragt er Willie und mich.

ich bin mit yoga aufgewachsen, sage ich.

sehr gut, sagt der yogalehrer und klingt gereizt.

na dann erzähle ich ihnen ein bisschen was, sagt er in richtung Willie.

der yogalehrer spricht lange über yoga, seine praxis und wo er überall war.

ich bin einfach durch und durch yogi, sagt er stolz.

aus dem augenwinkel sehe ich, dass die älteste frau aus der gruppe den kopf auf ihren knien abgelegt hat.

aufwachen da drüben, sagt der yogalehrer, lassen sie uns beginnen!

er geht bei jeder übung von patientin zu patientin und korrigiert die haltung. um mich macht er einen bogen. mein körper wird weich und warm. die meiste zeit habe ich die augen geschlossen. ich versinke in mir und meinem atem.

Willie und ich treffen uns morgens in der küche. ich schenke jeder von uns ein glas wasser ein. wir schieben unsere tabletten in den mund und schlucken sie herunter. sie hat für jeden wochentag eine aufschiebbare box mit vier fächern – morgens, mittags, abends, nachts. mich erinnert das an meine oma und an altenheim.

ich habe ein täschchen mit lauter tablettenblistern, aus denen ich die tabletten drücke und sie dann auf einen haufen lege. mittlerweile weiß ich genau, welche tabletten ich nehme und was sie bewirken.

ich mache Willie und mir kaffee. die zigaretten von ihr werden immer schief, ich rauche sie trotzdem. Willie holt ihren laptop und schaut *grey's anatomy*, während sie die küche aufräumt. ich gehe in mein zimmer und male einen nackten körper. am abend schauen wir *tatort*.

na endlich, sagt meine eine.

du hättest mich auch anrufen können, sage ich.

ich hab mich nicht getraut, sagt sie.

ich mich auch nicht.

wollen wir einfach gleichzeitig entschuldigung sagen?, fragt sie.

wir atmen ein, meine eine zählt und bei drei sagen wir beide laut: entschuldigung.

ich hab dich lieb, sage ich.

ich dich auch!

mama hat erzählt, du hättest dich in deinen therapeuten verknallt, sagt meine eine.

alter, in dieser familie behält wirklich niemand was für sich.

hast du ein foto?

natürlich nicht!

name? dann kann ich googeln.

du bist unmöglich! Johnny kommt mich bald besuchen, sage ich.

oh, damit hätte ich jetzt nicht gerechnet, sagt meine eine.

ihr könnt euch echt alle nicht vorstellen, dass wir uns gernhaben, oder?

dass ihr euch gernhabt, habe ich nie bezweifelt, sagt meine eine.

aber?

eigentlich gibt es kein aber.

wir sitzen auf einem sofa in seiner wohnung.

als kind hatte ich angst vor gewitter, ich dachte immer,
dann sei krieg, sagt mein therapeut.

wie alt bist du eigentlich?, frage ich.

so alt wie du, sagt er.

ich drehe mir eine zigarette und schaue in seine blauen
augen. als ich die zigarette zum mund führen will,
nimmt mein therapeut sie mir aus der hand und drückt
seine lippen auf meine. ich hole meinen lippenstift aus
der tasche und male seine lippen rot. ich sehe, wie sie
langsam austrocknen.

hast du nagellack?, fragt er mich.

ich krame wieder in meiner tasche und ziehe nagellack
in neongrün heraus. er lackiert mir die fingernägel.

ich glaube, die leuchten im dunkeln, sage ich.

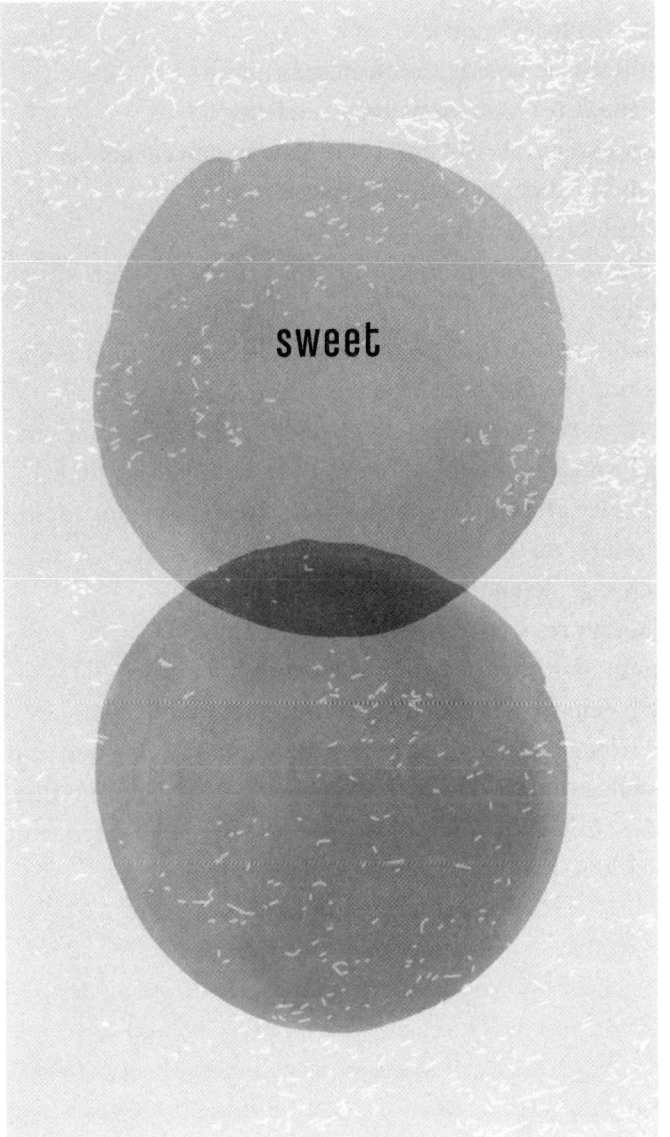

was ist los?, frage ich.

soll ich sie holen?, fragt meine andere.

hallo, flüstert meine eine ins telefon.

auf einer skala von eins bis fünf, wie schlecht geht es dir?

ich bin abgestorben, sagt meine eine.

scheiße, sage ich.

ich höre, wie meiner anderen tränen aus den augen fallen.

meine therapeutin bringt nichts, die will nur über meine kindheit sprechen, sagt meine eine.

wir mussten ihren arm verbinden, sagt meine andere.

ich spüre, wie die energie aus meinem körper fließt.

das ist alles eine upgefuckte scheiße, schreit meine andere, du bleibst hier, wehe du gehst jetzt!

ich sage den namen meiner einen.

ja, sagt sie leise. kannst du herkommen?

nein, das geht nicht, sage ich entschieden.

ich geh nicht mehr in die klinik, sagt meine eine.

ich lege mich auf den boden. ich denke an Carmen und stelle mir vor, was sie jetzt sagen würde. ich höre Willie. die türklinke quietscht. sie legt sich neben mich und schiebt ihre hand unter meinen kopf.

in meinem kopf sind monate geflossen. ich putze wieder
und wieder das parkett mit einem wischmop.
meine mutter hält sich an mir fest. ich weine nicht.
ich sage, ich dachte, ich würde brechen, aber hier stehe
ich nun. ich beiße mir auf die zunge. ich spucke blut.
mein vater rennt los.
dieser fucking grabstein!
Johnny hält meinen kopf.

vor jahren:

im sommer machen wir drei wochen urlaub am meer. meine eltern buchen die günstigsten flüge und wir müssen morgens sehr früh aufstehen. mein vater leiht ein kleines auto am flughafen. meine schwestern und ich quetschen uns auf die rückbank. mein vater packt taschen und koffer neben und auf uns. auch unter unsere füße stopft er sachen.

das auto hat keine klimaanlage. meine mutter will nicht, dass wir die fenster aufmachen, weil es ihr dann zu sehr zieht und sie verspannungen bekommt.

auf das sofa in der ferienwohnung passen immer nur zwei, die anderen müssen auf dem boden sitzen.

am strand liest meine mutter zeitung. mein vater spielt mit meiner einen ein kartenspiel. meine andere hat einen pokémon-ball geschenkt bekommen und wirft ihn immer wieder in den sand. der ball springt auf und ein kleines pikachu fällt heraus. ich finde es niedlich und bin ein wenig neidisch.

mein vater cremt meine schwestern und mich stündlich mit sonnencreme schutzfaktor fünfzig ein. meine eine will ein colaeis.

du hattest heute schon eins, sagt meine mutter.

meine eine wirft sich in den sand und brüllt. meine mutter schüttelt den kopf und blättert die zeitung um. ein bisschen später ist meine eine einfach weg. meine eltern bekommen große pupillen und schreien sich an. wir sollen da bleiben, wo wir sind, und uns nicht vom fleck bewegen.

ich will aber mit, heult meine andere.

meine mutter geht mit ihr los. ich gehe mit meinem vater und bin froh, dass ich nicht auf dem fleck bleiben muss.

nach einer ewigkeit finden meine mutter und meine andere meine eine. sie sitzt bei zwei jungen frauen auf dem handtuch. meine eine hat den imbiss nicht gefunden. meine eltern schimpfen nicht. meine mutter weint. meine eine weint nicht, sie lächelt.

klavier?, fragt die musiktherapeutin.

meine eine, sage ich.

beim ausatmen berühre ich tasten.

hilft ihnen die distanz, fragt die musiktherapeutin.

ich gehe an meiner einen vorbei, sage ich.

macht ihnen das ein schlechtes gewissen?, fragt sie.

ich würde meine eine gerne in den arm nehmen.

wie klang das für sie?

ich schließe die augen und sehe eine große bühne und einen prunkvollen saal. ich höre worte durch die luft fetzen.

alle warten auf das blut, sage ich.

und wie endet es?, fragt die musiktherapeutin.

auf einer bühne mit dem tod, von zumindest einer schwester.

vor jahren:

ich sitze abends mit meinem vater in der küche und wir trinken ein glas wein.

ich hätte gerne einen freund, aber die, die ich toll finde, wollen mich nicht, sage ich.

wen findest du denn toll?, fragt mein vater.

einen aus der schule, aber der sagt mir nicht mal hallo.

warum magst du jemanden, der dir nicht hallo sagt?

ich weiß es nicht, papa.

er steht auf und holt die flasche wein aus dem kühlschrank. er schenkt uns nach und ich nehme einen großen schluck.

loslassen, sagt mein vater.

und wie zur hölle soll ich das machen?

gott wird dir helfen!

also muss ich mehr an gott glauben?

du musst gar nichts, sagt er, gott lässt keinen menschen alleine.

wieso gehst du eigentlich nie in die kirche?

die kirche kann mich mal, mit ihrem prunk, ihren kriegen und ihrem dogmatischen schwachsinn. gott findest du in keiner kirche, sagt mein vater kategorisch.

wir sitzen die halbe nacht zusammen. mein vater zeigt mir ein video von einem alten französischen auto.

so eins hatte ich früher. wenn man den motor startet, hebt es sich in die höhe. und schau, so sieht es von innen aus, wie ein altes raumschiff, sagt er stolz.

ich muss lachen.

leider ist es zu anfällig, mit ihm bleibt man ständig liegen!
kaufst du deswegen ständig neue autos, weil du eigentlich das willst?
möglich. weißt du, die autos kommen von gott und gott
ändert halt auch mal seine meinung, sagt er grinsend.

du bist auf lautsprecher. wir sind bei deiner anderen zu
hause. sagt meine mutter.

sie liegt in ihrem bett und spricht kein wort, sagt mein
vater.

glaubst du, ich sollte das bier wegschmeißen?, fragt
meine andere.

aber das heißt ja, sie ist die ganze zeit betrunken, sagt
meine mutter.

die kandidatin hat hundert punkte, sagt meine andere.

meine mutter stampft auf den boden.

wir müssen jetzt alle ruhig bleiben, sagt mein vater.

sie hat die tür abgeschlossen, sagt meine andere.

was machen wir jetzt?, fragt meine mutter.

warten, sagt mein vater.

sie hatte ein date und ist spät nach hause gekommen,
sagt meine andere.

wir wissen ganz ehrlich nicht mehr, was wir machen
sollen, sagt meine mutter und schluchzt auf.

was würdest du tun, wenn du hier wärst, fragt mein
vater.

den krankenwagen und die polizei rufen, sage ich.

was!, schreit meine andere.

lass sie ausreden, sagt mein vater.

die polizei soll die tür aufbrechen und der krankenwagen sie in sicherheit bringen, sage ich.

das verzeiht sie uns nie, sagt meine andere.

wie viel zeit ist vergangen? ich nehme den wischmop
und klatsche ihn auf den parkettboden. klatsch. klatsch.
jetzt will sich meine andere an mir festhalten.
meine mutter schreit.
mein vater rennt weg.
ich werde keine rede halten!
ich kaufe einen baseballschläger.
ich spucke blut.
ich haue auf diesen fucking grabstein. dieses fucking
herz. dieses fucking alles. drauf. es splittert.
Johnny nimmt eine pinzette und zieht die splitter aus
meinem körper.

Willie steht auf, nimmt meine hand und führt mich ins
klinikgebäude. wir gehen durch die sich selbst öffnende
glastür. sie drückt mich auf einen stuhl. ich betrachte
das muster auf dem plastikboden.

mein lieblingsarzt spricht mich an. ich schaue ihm in
die augen. seine lachfalten sind verschwunden.

können sie aufstehen?, fragt er mich.

ich schüttle mit dem kopf.

er holt einen zweiten stuhl und nimmt neben mir platz.

irgendwann werden aus dem rauschen worte. ich ver-
binde die worte im kopf zu sätzen. sie sprechen nicht
über mich. meine stimme klingt wie nach einer party
mit unzähligen zigaretten.

ich nicke.

ich nicke wieder.

sie wollten, dass ich ihnen sage, was sie tun sollen, sage
ich.

mein lieblingsarzt schaut wütend aus.

es ist bewundernswert, dass sie in dieser situation noch
klar denken konnten, sagt er.

mein handy klingelt. ich gebe es meinem lieblingsarzt.

wie schlimm ist es?, frage ich.

mein therapeut gibt mir ein taschentuch.

es tut mir wirklich leid, sagt er.

ich nicke.

ich nicke nochmal.

wann hört dieser ganze upfuck endlich auf, sage ich.

das liegt nicht in ihrer hand, sagt er.

ich lege den kopf auf den tisch.

ich nicke im liegen.

ich möchte vergessen, sage ich.

ich hebe den kopf und schaue ihn an.

ich nicke.

ich nicke.

vor jahren:

mein papa hat mir schwarzes pulver auf die zähne gestreut und mich gesund gemacht, erzähle ich stolz im kindergarten.

am nachmittag ruft meine erzieherin an.

dein vater ist kein zahnarzt, sagt sie am telefon.

mein gesicht wird rot.

du musst aufhören dir lügengeschichten auszudenken, sagt meine erzieherin.

meine mutter nimmt den telefonhörer und telefoniert lange mit meiner erzieherin. eine mutter mit weißen zähnen und roten lippen hat sich beschwert, weil ihre tochter möchte, dass ihr vater zaubern lernt.

mein vater nimmt mich auf den arm.

aber du hast mich gesund gemacht, sage ich.

mein vater streicht mir über den kopf.

viele menschen verstehen nicht, wie ich heile. es ist manchmal besser, nicht darüber zu sprechen. die menschen, die nicht verstehen, sagen, ich lüge, sagt mein vater.

abends ziehe ich mein nachthemd mit den kirschen an. mein vater verkleidet sich. er trägt ein langes, weißes kleid, aber ohne kirschen drauf. mein vater setzt sich einen hut auf und legt sich eine kette um. wir verschieben den tisch und die stühle im wohnzimmer. wir tanzen, ich auf den füßen meines vaters, zu der musik aus dem musical *könig der löwen*.

wie geht es ihr?, frage ich.

die ärzt*innen meinten, sie legen sie ein paar tage schlafen, sagt mein vater.

das zimmer sah schlimm aus, sagt meine mutter.

ich weiß, sage ich.

aber das schlimmste war, dass deine andere das völlig normal fand, sagt meine mutter.

sie hat sich monatelang um sie gekümmert, sage ich.

dein lieblingsarzt klang wirklich sehr nett am telefon, sagt mein vater.

hat sich dein zustand verschlechtert?, fragt meine mutter.

scheiße, sagt mein vater, du kannst natürlich herkommen, wenn du entlassen wirst.

ich weiß.

deiner einen würde ein besuch bestimmt guttun, sagt meine mutter.

ich weiß.

　

ich gehe auf wolken. vielleicht fühlt sich so erleuchtung an, sagt meine eine.

hast du das papa schon erzählt?, frage ich.

nee, der lässt sich sonst sofort einweisen, sagt meine eine.

ich muss lachen.

ich habe ein einzelzimmer, sagt sie.

das ist gut zum schlafen.

ich habe einen filmriss!

ich glaube, du hast nicht viel verpasst, sage ich.

ich weiß nur noch, dass papa sich zu mir aufs bett gesetzt hat und wir zusammen auf den krankenwagen gewartet haben. vielleicht wäre es doch besser gewesen.

nein, sage ich, ohne sie weitersprechen zu lassen.

ich versuche meine stimme zusammenzuhalten.

es tut mir leid, sagt meine eine. weißt du, was ich mir wünsche? ich wünsche mir, dass wir alle zusammen in den urlaub fahren, ans meer!

das ist ein guter wunsch, sage ich.

kannst du das mama und papa sagen?

magst du weiterschlafen?, frage ich.

eigentlich nicht, aber ich glaube, ich schlafe sowieso ein.

ich liebe dich auch, flüstere ich zurück.

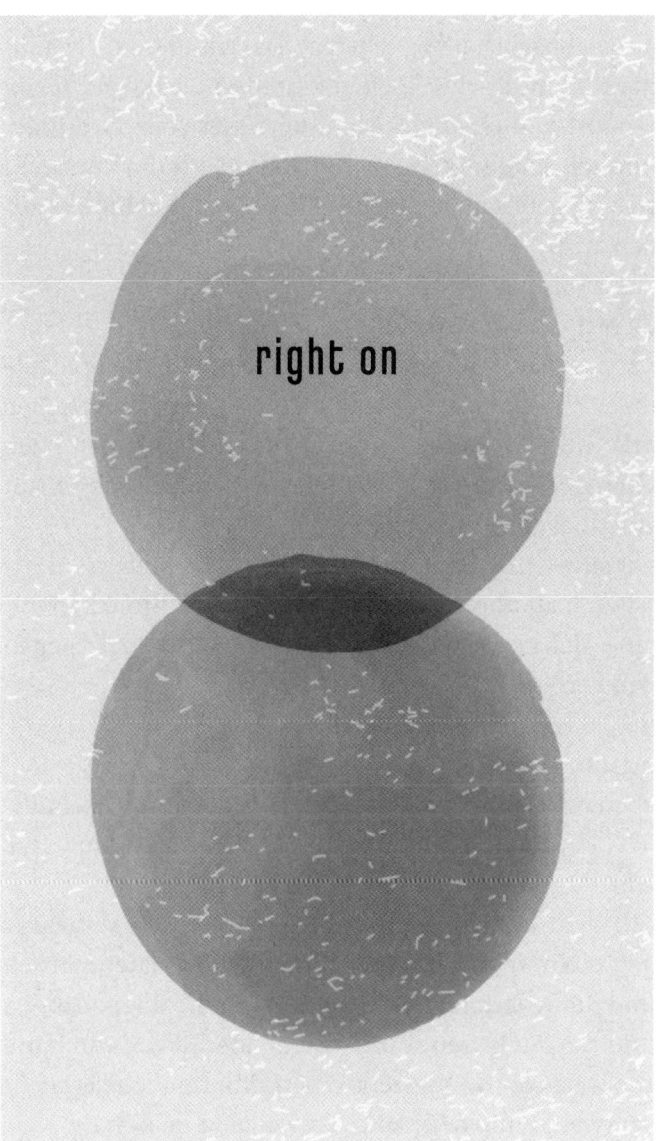

die nachbarin hat uns gebeten, dass wir uns um die hühner und meerschweinchen kümmern, während sie im
urlaub ist. am späten nachmittag füttern wir die hühner
und ich scheuche sie in den stall. ein huhn versteckt
sich im gebüsch. ich locke es heraus und nehme es auf
den arm.

das fühlt sich ziemlich komisch an, sage ich.

du bist ja auch ein stadtkind, sagt Willie.

ich lasse das huhn in den stall fallen und schließe ab. die
meerschweinchen bekommen eine gurke, ein bisschen
salat und stinkendes trockenfutter. Willie geht nach
oben und macht salat mit feta, wahrscheinlich schaut
sie dabei *grey's anatomy*.

wir sitzen im garten an einem der tische und essen. wir
trinken alkoholfreies bier. mittlerweile brauchen wir
eine dicke strickjacke oder einen wollpullover gegen
den herbstwind.

das ist wie urlaub, sagt Willie.

urlaub vom nachdenken, sage ich.

ab neun uhr gähnen wir immer wieder abwechselnd.

ich liebe mein schlafförderndes antidepressivum, sage
ich.

seit dem krankenhaus habe ich keine schlafstörun-
gen mehr. früher dachte ich, ich sei ein eulenmensch
und keine lerche. müdigkeit war mein alltag. drogen
und tanzen gehen waren meine medizin. dann hatte
das wachsein wenigstens einen sinn und ich lag nicht
verzweifelt mich hin und her wälzend im bett.

seit ein paar wochen träume ich wieder. das wolken-
medikament wurde abgesetzt, weil es auf dauer ab-
hängig macht. manchmal vermisse ich die traumlosen
nächte.

die morgenrunde findet jeden tag statt. eine patientin
hat sich als wochenziel vorgenommen, ihren briefkasten
zu öffnen. sie hat es gestern geschafft.
haben sie die briefe auch geöffnet?, fragt die schwester.
gott bewahre, sagt sie.
wir müssen alle lachen.
dann können sie sich das für nächste woche vornehmen,
sagt die schwester.
es sind zweiundfünfzig briefe, ich habe nachgezählt. ich
will gar nicht wissen, wie viele mahnungen dabei sind.
wenn ich die öffne, komme ich wieder in den dritten
stock, sagt die patientin.
ich bin buchhalterin, ich kann dir helfen, wenn du
möchtest, sagt eine andere.
die patientin mit den briefen fängt an zu weinen.
das ist eine sehr gute idee, sagt die schwester.
die patientin mit den briefen nickt.

ich erscheine im büro meines lieblingsarztes.

das heißt, es bewegt sich etwas, sagt er.

ich glaube in die falsche richtung, sage ich.

sich in den therapeuten zu verlieben, ist völlig normal.

er hat schöne blaue augen, sage ich.

wirklich, darauf muss ich achten, sagt mein lieblingsarzt.

wehe, die klauen sie mir, sage ich. das ist alles so peinlich.

es wird sehr hilfreich sein, wenn sie es aussprechen.

ich hatte gehofft, dass sie das gegenteil sagen, sage ich.

vertrauen sie ihm?, fragt er.

ja, schon.

dann wird es die therapeutische beziehung stärken, sagt
er.

ich werde im boden versinken.

sie können sich ja die hände vors gesicht halten, dann
kann er sie nicht sehen.

was wäre ich nur ohne ihre ratschläge, sage ich grinsend.

der raum für die ergotherapie ist klein. in der mitte steht
ein länglicher tisch, der so viel platz einnimmt, dass wir
uns zwischen den schränken und dem tisch durchquet-
schen müssen.

die neue ergotherapeutin betritt den raum. sie trägt eine
stoffhose mit psychedelischem muster. sie erinnert mich
an eine freundin meines vaters, die manchmal auf meine
schwestern und mich aufgepasst hat. ihr mann hatte
beschlossen, sich nur noch von lichtenergie zu ernähren.
er landete im krankenhaus und wurde künstlich ernährt.

die energie im raum ist nicht gut, sagt die ergotherapeutin.

sie öffnet die terrassentür.

ich habe mir überlegt, wir versuchen heute unsere seele
zu malen, sagt sie.

sie bittet mich zum schrank zu kommen.

ach, es ist einfach zu eng hier!, sagt sie.

sie öffnet eine schranktür und acrylfarben fallen auf
den boden. ich sehe einen behälter mit lauter scheren.

ich starre auf mein weißes blatt papier.

die seele ist ewig, hat mein vater immer gesagt, die seele
kommt ins jenseits zu gott.

ich nehme einen bleistift und male einen kreis.

wie ist die tagesklinik?, fragt mein vater.

es wird besser, sage ich.

dein lieblingsarzt ist ein engel.

er hat aber gar keinen heiligenschein, papa.

nicht?, den sollte er einfordern, sagt mein vater lachend.

du meinst, im himmel anrufen und sich mit gott verbinden lassen?

na ja, gott wird keine zeit für so was haben!

die vorstellung von einer behörde im himmel, die für
die vergabe von heiligenscheinen verantwortlich ist,
bringt mich auch zum lachen.

hast du jetzt endlich mit deinem therapeuten gesprochen?

nein. aber ich fürchte, ich komme da nicht drum herum.

weißt du, was mir aufgefallen ist?, fragt er.

du wirst es mir sicher gleich erzählen.

ich habe altersflecken bekommen, sagt er.

ehrlich gesagt macht mir das angst, sage ich.

ach quatsch, die seele altert nicht. ich muss nur das richtige öl für den körper finden.

vor jahren:
mit vierzehn fallen mir die dunklen haare, die ich am po
habe, das erste mal richtig auf. ich verbiege meinen körper und rasiere sie weg. ich habe auch haare am bauch.
beim umziehen vor dem sportunterricht vergleiche ich
meine körperhaare mit denen der anderen mädchen.
ich fühle mich borstig.
als frau darf man keinen busch haben, lerne ich von
einer freundin, und die hat es von ihrer großen schwester gelernt.
ich habe so viele dunkle haare, sage ich zu meiner mutter.
ich auch, sagt sie lächelnd, das liegt in der familie.
meine mutter geht ins badezimmer und kommt mit zwei
länglichen packungen zurück.
das sind wachsstreifen, die funktionieren am besten.
ich nehme die wachsstreifen und lese mir die anleitung
durch.
ich komme alleine gar nicht überall hin, sage ich.
wenn du willst, helfe ich dir.
meine mutter holt ein handtuch und wir gehen ins
wohnzimmer. sie legt das handtuch auf das sofa und
ich ziehe meine hose aus.
siehst du?, sage ich.
ich seh's! das bekommen wir hin. es wird wehtun, aber
das wird mit der zeit besser.
meine mutter nimmt einen wachsstreifen aus der pa-
ckung und reibt ihn mit ihren händen warm. sie klebt
ihn auf mein eines bein.

ich ziehe und du atmest dabei aus, sagt sie, auf drei!
meine mutter zählt, ich atme aus, sie zieht, der schmerz
steigt mir in den kopf. mit der zeit wird der schmerz
wirklich besser und ich stelle mir glatte beine vor, während
meine mutter zieht.

Willie und ich fahren ins schwimmbad. es hat laut website ein beheiztes außenbecken, ein sportbecken, einen saunabereich und dann stehen da noch worte, unter denen ich mir nichts vorstellen kann. Willie nennt das selbsttherapie. ich kann nur butter auf meinem körper denken.

ich habe früher nie bhs getragen, mittlerweile lässt es sich nicht mehr vermeiden. ich schwitze unter den brüsten. der schweiß läuft mir dann den bauch herunter und ich bekomme flecken auf dem t-shirt. nach dem duschen muss ich meine brüste anheben, um sie abzutrocknen.

erst schwimmen, dann sauna, ja?, fragt Willie begeistert, nachdem wir den eintritt bezahlt haben.

ich nicke. in der umkleide ziehe ich meinen bikini an. meine brüste fallen aus dem oberteil und die bikinihose spannt.

es ist zum kotzen, sage ich und zeige auf meine brüste.

ich hätte auch gerne solche, sagt Willie.

das schwimmbad liegt auf einem hügel und wir können durch die großen glasscheiben über die stadt schauen. das bistro ist neben dem sportbecken. ich mag den geruch von chlorwasser und frittierfett. das wasser ist angenehm warm, aber richtig schwimmen geht nicht gut. kinder werfen sich kreischend bälle zu. die meisten haben eine taucherbrille auf. ein paar rentner*innen mit badehaube ziehen im schneckentempo bahnen zwischen den kindern durch.

im saunabereich sind kinder verboten. es gibt gepolsterte liegestühle, auf denen dicke decken gefaltet liegen. wir nehmen zwei freie, die nebeneinanderstehen, und legen unsere bücher auf das tischchen in der mitte. ich nehme mein handtuch und wickle es um meinen körper. umständlich ziehe ich meinen bikini aus. ich schaue Willie an.

für mich ist es auch nicht leicht, aber konfrontation ist manchmal das beste, sagt sie und legt die hände auf meine schultern.

sie führt mich zur fünfundsechzig-grad-sauna. ich atme, höre kurz Carmens stimme in meinem kopf und öffne die tür. in der sauna liegen zwei frauen. ich breite mein handtuch aus und vermeide es, meinen bauch anzuschauen. die heiße luft strahlt von meinen lungen in den ganzen körper aus und ich spüre mich wie schon lange nicht mehr. ich bin froh, dass die schweißperlen meine tränen verstecken.

ich halte mir die hände vor mein gesicht.

spannend, sagt mein therapeut.

das ist nicht spannend, das ist eine katastrophe, sage ich in meine hände.

ich werde nicht aufstehen und gehen, sagt mein therapeut ruhig.

aber sie können doch nicht mehr mein therapeut sein, sage ich.

das entscheiden sie, sagt mein therapeut.

können sie sich vorstellen, die hände vom gesicht zu nehmen, fragt er nach einer weile.

nein!

im traum haben sie mir die fingernägel lackiert, sage ich.

spannend, sagt er.

ich habe ihnen die lippen mit lippenstift angemalt und ihre lippen sind ausgetrocknet. ich habe weißwein getrunken. sie haben mir von ihren eltern erzählt.

wie waren meine eltern so?, fragt er.

ihr vater hat in der wüste einen tisch aufgestellt, brote gekauft und sie an die menschen am tisch verteilt, sage ich.

spannend.

ich verbiete ihnen das wort spannend, sage ich entschieden, das benutzen menschen, die vor einem kunstwerk stehen und nicht checken, worum es geht.

mein therapeut lacht, hört sofort auf und entschuldigt sich.

glaubt ihr vater an gott?, frage ich.

ich glaube nicht, sagt er.

ich nicke in meine hände.

Johnny schickt mir einen screenshot von seinen flugtickets und schreibt: *im bett liegen.*
lass uns so tun, als wären wir im urlaub, wenn du hier bist!
wäre es ein neues ende, wenn dein therapeut sich auch in
dich verknallt?
ich werde jedes mögliche ende wegschubsen!

ich renne in die küche.
Johnny hat flüge gebucht, sage ich.
Willie drückt *grey's anatomy* auf pause und lächelt mich
an.
eis?
ja gerne!
magst du jetzt endlich mal erzählen, wie es mit deinem
therapeuten war?, fragt sie.
ich habe mir die hände vor das gesicht gehalten, sage ich.
wie hat er reagiert?
therapeutisch, sage ich und grinse.
ich finds romantisch, sagt Willie.
am abend klicken wir uns durch die mediathek und
suchen uns einen *tatort* aus. das intro beruhigt mich.
dass ich meinen körper wieder teilen möchte, beruhigt
mich auch. ich habe mich in den letzten monaten selten
selbst befriedigt, meistens zum spannungsabbau. Willie
und ich nennen es muskelrelaxan.

ausschlafen heißt, es klingelt kein wecker. ich bin trotzdem sehr früh wach. samstags gehen Willie und ich immer zum bauernmarkt. beide in einen mantel gehüllt gehen wir los. wir kaufen gemüse und obst ein. der mann vom buchtelnstand kennt uns mittlerweile schon und winkt. wir kaufen buchteln mit pflaumenmus. vor dem stand mit wein aus kleinen winzereien bleiben wir lange stehen und schauen uns die unterschiedlichen etiketten an.

wenn wir wieder dürfen, kaufen wir alle, sage ich.

auf jeden fall, sagt Willie.

es gibt viele blumenstände. wir gehen zu jedem und kaufen ein paar einzelne blumen, bis jede von uns einen riesigen strauß im arm trägt. gladiolen und lilien sind meine lieblingsblumen, von denen kaufe ich immer mehr. wir holen uns einen zweiten kaffee und setzen uns auf eine bank. wir packen die buchteln aus.

zu hause nehme ich die zwei vasen und ein paar große gläser. ich stelle sie bei mir im zimmer auf den boden. ich hole eine schere aus der küche und mache mein hörbuch an, inzwischen bin ich beim fünften band von *harry potter*. ich schneide die blumen zurecht und ziehe blätter ab. blumen sind am schönsten ohne blätter. dann verteile ich die einzelnen blumen auf die vasen und gläser, bis mir die zusammenstellung gefällt. ich trage alles in die küche und befülle die vasen und gläser mit wasser.

manchmal stecke ich die blumen nochmal um. ich rufe Willie, sie kommt in die küche.

ein meer aus blumen, ruft sie, du bist die tollste floristin überhaupt.

du kannst dir welche aussuchen, sage ich.

Willie schnappt sich eine große vase und ein kleines glas und bringt sie in ihr zimmer. ich beginne die blumen in der wohnung zu verteilen und mache für Johnny fotos: *mag am blumenstrand liegen*.

◡ ◡ ◡

mein lieblingsarzt kramt in seinen unterlagen, bis er meine akte herauszieht.

brauchen sie neue rezepte?

ja, bitte.

mein lieblingsarzt sucht den rezeptbogen.

ich habe es ihm gesagt, sage ich.

sie haben sich wirklich die hände vor das gesicht gehalten?, fragt er.

den gesamten rest der stunde, sage ich.

meinem lieblingsarzt laufen tränen in die lachfalten.

er tat mir ein bisschen leid, sage ich.

das hält ihr therapeut schon aus.

mein lieblingsarzt schiebt einen stapel akten zur seite.

ah hier! was brauchen sie nochmal?, fragt er.

ich wiederhole die namen der medikamente.

mein lieblingsarzt notiert, unterschreibt und stempelt.

wie geht es ihnen sonst?

es ist nicht alles gut, aber ich komme irgendwie klar, sage ich.

mein lieblingsarzt lächelt.

ich weiß nur nicht, wie es nach der entlassung aus der tagesklinik weitergehen soll.

wenn sie möchten, können sie danach regelmäßig zu mir in die praxis kommen.

das heißt, ich muss mich gar nicht von ihnen verab-schieden?

er schüttelt den kopf.

ich kanns manchmal gar nicht glauben, sage ich.

es braucht zeit, wieder vertrauen in sich zu entwickeln.

ich verschränke die arme.

dass sie ständig so kluge sachen sagen, ist wirklich ner-vig, sage ich.

das haben sie schon öfter gesagt.

weil es stimmt, sage ich.

umso nerviger sie mich finden, desto besser geht es ihnen, sagt er.

sie haben es schon wieder gemacht, sage ich.

die ergotherapeutin hat noch kleine augen und gähnt.

wir treffen uns vor dem klinikgebäude. wir gehen nicht mehr jeden morgen spazieren, dafür aber länger.

haben sie lust auf einen waldspaziergang?, fragt sie.

hier gibt es einen wald?, fragt Willie aufgeregt.

die ergotherapeutin nickt und gähnt wieder.

entschuldigung! ich brauche morgens ein bisschen länger zum wachwerden.

sehr sympathisch, sage ich.

wir gehen einfach, schweigen und ich rieche den kühlen wald. auf dem rückweg kommen wir an einem spielplatz vorbei. es gibt eine seilbahn für kinder.

darf ich?, frage ich.

die ergotherapeutin jubelt.

ich laufe zur seilbahn, nehme viel schwung und rausche zur anderen seite. mein lieblingsmoment ist, wenn ich dort ankomme, abgebremst werde und durch das abbremsen in die luft fliege. nacheinander nehmen auch die anderen schwung und quietschen, kreischen, lachen beim fliegen. die ergotherapeutin klatscht.

es ist wunderbar, ihre inneren kinder zu sehen, ruft sie.

ich habe das bedürfnis, sie in den arm zu nehmen, folge diesem impuls aber nicht.

also mal abgesehen von diesem engel-seelen-blödsinn ist sie toll, flüstere ich Willie auf dem rückweg zu.

Willie und ich werden am gleichen tag entlassen. wir haben viele blumen gekauft und zu einem großen strauß zusammengebunden. ich gebe den strauß meinem therapeuten.

der ist für sie alle, sage ich.

mein therapeut bedankt sich mehrmals hintereinander. ich gehe eine vase suchen, sagt er.

mein lieblingsarzt bittet mich in sein büro. ich unterschreibe zettel und bekomme wieder drei briefumschläge mit.

steht nichts neues drin, sagt er.

ich habe angst, dass es wieder passiert, sage ich.

das werden wir zu verhindern wissen!

mein bauch fühlt sich schwer an, sage ich.

es ist kein abschied, sagt mein lieblingsarzt, wollen wir uns gleich einen termin bei mir in der praxis ausmachen?

ich habe keinen kalender dabei. habe völlig vergessen, dass ich überhaupt einen besitze, sage ich.

das klingt gesund, sagt mein lieblingsarzt.

die zeit ohne kalender ist trotzdem zu ende.

die zeit mit einem kalender, in dem zehn dinge an einem tag drinstehen, ist zum glück zu ende.

ich stecke den zettel mit seiner handynummer in mein portemonnaie und die briefe in meine handtasche.

sie müssen mir eine sache versprechen, sagt mein lieblingsarzt, sie beide kaufen sich heute eine flasche sekt und stoßen auf das leben an!

versprochen! Johnny kommt mich am wochenende
besuchen, sage ich beim gehen.
mein lieblingsarzt sieht begeistert aus.

Willie und ich steigen ein letztes mal in die straßenbahn,
dann in den bus und fahren nach hause.
wir sollen uns eine flasche sekt kaufen, sage ich.
großartig, sagt Willie und lacht, wir werden sturz-
betrunken sein!
wir gehen in den supermarkt und kaufen eine sehr teure
flasche sekt. zu hause nehmen wir eiswürfel und lassen
zwei große gläser klingen.
ich mache musik an und nehme Willies hände. stirn an
stirn. dann arme ausgestreckt. dann drehen. *ich schulde
dem leben das leuchten in meinen augen.*
später liegen wir arm in arm auf dem sofa. wir lächeln
uns an. dann weinen wir ein bisschen.

soundtrack

what can i do?	Antony and the Johnsons
willie	Cat Power
monoton	MAJAN & Schmyt & Megaloh
alright	D'Angelo
pharsyde	ASAP Rocky feat. Joe Fox
nostalgia, ULTRA	
(mixtape)	Frank Ocean
sing about me,	
i'm dying of thirst	Kendrick Lamar
nimmerland	RIN feat. Bilderbuch
into my arms	Nick Cave and the Bad Seeds
liberation	Outkast feat. Cee-Lo Green
take a fall for me	James Blake feat. RZA
sweet	Haiyti
right on	The Roots feat. Joanna Newsom & STS
wann strahlst du?	Jacques Palminger & Erobique & Yvon Jansen

Literatur bei leykam:

Alles ist verbunden

Ava ist 28 und arbeitet als Designerin in einer Werbeagentur. Das
Arbeitsumfeld erscheint ihr zunehmend ausbeuterisch und ober-
flächlich, ihr Leben sinnlos. Erst die Begegnung mit Lina reißt
Ava aus ihrer Lethargie. Sie nimmt Ava mit zu connect, einer Gemeinschaft, die vom charismatischen Dev gegründet wurde. Deren
Vision: eine post-digitale Gesellschaft, in der Menschen eng miteinander verbunden sind. Je mehr Zeit Ava bei dieser Gemeinschaft
verbringt, desto mehr vernachlässigt sie ihre Arbeit und distanziert
sich von Familie und Freund*innen, die in connect eine gefährliche
Sekte sehen.

304 Seiten | ISBN 978-3-7011-8233-6 | 24,-

Literatur bei leykam:

Eine Achterbahnfahrt
zwischen Hoffnung, Verzweiflung
und Entschlossenheit

––––––

Was tun, wenn das Leben zu eng wird? Kinder, Haushalt, Ehe, der
Job als Lehrerin. Früher hat der Alkohol geholfen. Jetzt ist Lucy ge-
trieben von der Gier nach dem nächsten Schluck und der Angst,
entdeckt zu werden. Mithilfe ihrer Freundin Marie schafft sie aber
den Schritt in die Entwöhnungsklinik. Ein Roman-Debüt, in dem
tiefer Ernst und überbordender Witz auf großartige Weise zusam-
menkommen.

456 Seiten | ISBN 978-3-7011-8176-6 | 22,-